提灯小虫

张紫华 著

天津出版传媒集团
百花文艺出版社

图书在版编目（CIP）数据

提灯小虫 / 张紫华著. -- 天津 : 百花文艺出版社，2023.3(2023.4 重印)
ISBN 978-7-5306-8340-8

Ⅰ. ①提… Ⅱ. ①张… Ⅲ. ①长篇小说-中国-当代 Ⅳ. ①I247.5

中国版本图书馆 CIP 数据核字(2022)第 198317 号

提灯小虫
TI DENG XIAO CHONG
张紫华　著

出 版 人：薛印胜
责任编辑：李文静　　**装帧设计**：丁莘苡
封面插画：王　娜　　**内文插画**：赵　燕
出版发行：百花文艺出版社
地址：天津市和平区西康路 35 号　**邮编**：300051
电话传真：+86-22-23332651（发行部）
+86-22-23332656（总编室）
+86-22-23332478（邮购部）
网址：http://www.baihuawenyi.com
印刷：天津新华印务有限公司
开本：880 毫米×1230 毫米　1/32
字数：76 千字
印张：5.25
版次：2023 年 3 月第 1 版
印次：2023 年 4 月第 2 次印刷
定价：28.00元

如有印装质量问题，请与天津新华印务有限公司联系调换
地址：天津东丽开发区五经路 23 号
电话：(022)58160306
邮编：300300

目 录

1

小狗长途汽车

春信看着窗外唯一的一棵大树。她看着大树的时候，大树也在看她。一分钟，两分钟，三分钟，大树默默在心里计时，这个孩子已经盯着它溜号十分钟了。

眼下，和她同在走廊里的另外两个孩子都在埋头值日，只有这个女孩锲而不舍地看着窗外，她炽热的目光落在大树身上，仿佛要将大树烫出一个窟窿。

不过，被这样专注的眼神注视，大树却没有一丁点儿不自在的感觉，毕竟，作为一棵树，它早已习惯了各种各样的目光。更何况，大树也觉得自己挺好看的，它可是这栋教学楼附近唯一的一棵大树。作为这片简陋操场上最显眼的绿色港湾，就连路过的鸟儿都舍不得错过它这个难得的落脚点。对于一个刚上小学、不爱劳动的小孩儿来说，看大树当然比值日好玩一万倍!

咳咳,说这话可不是大树自恋,眼下正是八月,经过漫长的冬季和断断续续充斥着倒春寒的春季,期盼已久的盛夏总算来到了,而大树也终于迎来了最好的季节。远远看去,那树冠简直像一大团绿色的云飘浮在操场上空,谁看了不喜爱?如果稍微走近了些,还会觉得那树冠更大更绿,恨不得扑上去在上面打个滚儿,或者把那蓬松的树冠当作蹦床。

那温暖的阳光大概也是这么认为的。你看,只要天空没有云彩的遮挡,让人慵懒舒展的温暖便顷刻如被关得发慌的小狗一样冲了下来——它在大地上四处撒欢儿,大声宣告着自己的到来,把大地上的居民们搅弄得闹哄哄,连深埋在地下的草籽也逃不开它的召唤,纷纷将头探出大地,吐露出嫩绿的新芽。如果你去城外看看,你会发现,好天气的到来也直接提升了动植物们的生活质量,每个小家伙都能尽情享受阳光带来的好处。

可就是在这样一个熙熙攘攘、忙忙碌碌的季节里,春信却只能拿着一个拖把不停地拖地。

春信想,自己一定是这世界上最无聊的小孩儿。

而更倒霉的是，春信本应该和另外三个同学共同负责整个二楼走廊地面的，可其中唯一一个男生，她的同桌张小柿竟然打球崴伤了脚。

春信不知道，一个平时上课连铅笔掉在地上都不乐意弯腰捡，每次都撞春信的胳膊、让春信弯腰去捡的家伙，为什么会去打篮球？

要知道，这个班里不会有别人比她更了解张小柿。自打上学以后，她就和那个懒沓沓的家伙是同桌，以春信对张小柿的了解，他八成是故意找借口不来值日。

最近，张小柿还用各种理由花式请假，更讨厌的是，他一请假，每次倒霉的都是春信——“春信，来帮张小柿拿一下新书！”“春信，这是张小柿的作业！”“春信，张小柿没来，要不今天你替他擦一下黑板吧……”

天哪，每次听到这些话，春信都会在心里大呼：“我是张小柿他姐姐吗？我干脆替他上学好了！”

看，他现在竟然借口脚受伤，连好几次值日都躲过去了，让春信不得不和另外两个女同学负担起原本需要四个人完成的值日任务。本来她可以早早回家写完作业看动画片的，这么热的天，洗了澡吃块冰镇西瓜多得劲儿啊！可是现在她们却只能在这里拿扫帚扫啊扫，用拖把拖啊拖，拎水桶，洗拖把……活儿多得好像永远也干不完。哎，炎炎的夏日，上了一天课，本来就很累了，春信觉得，这值日生的工作哪儿哪儿都不顺，脚下的大理石地面很反光，一直晃眼，窗子开着，风也不乐意吹进屋子里来，真是闷热极了！

春信一边干活，一边在心里嘀嘀咕咕。她们花了比往常多出好多的时间，才完成今天的值日任务。等她和另外两个女生走出教学楼门，周围已经看不到其他同学。

学校里静悄悄的，只有歪歪扭扭的影子横在操场上，那些影子像抻橡皮泥似的，把自己拉得好长好长，横七竖八地躺在地上。

春信踩着这些影子，慢悠悠往外走。她走着走着，一低头，却发现两只脚的鞋带都散开了。

"屋漏偏逢连夜雨。"

不知怎的，春信的脑子里忽然冒出这句话来。

可随即，她恨不得把自己的脑袋晃得像一个拨浪鼓，只为把这句话从脑子里晃出去。因为，常说这句话的不是别人，正是自己那个逃脱值日的同桌张小柿。那家伙也不知道之前从哪儿学来这么一句，总喜欢在春信耳边抑扬顿挫地说:“语文作业留得多,数学作业也留得多,这不就是‘屋漏偏逢连夜雨’吗? ”他每次说话,春信都只想别过头去,而这回,她却忽然觉得,用这句话来形容她眼下的情况的确再合适不过。

不过，这份微小的认同也只维持了那么一秒钟而已。随即,“她们三个人要做四个人的劳动都是因为谁啊?”“她都这么累了,耳边竟然还响起最讨厌的声音,才是‘屋漏偏逢连夜雨’呢”……这些想法又重新占领了上风。

春信气呼呼地抠了抠耳朵眼儿,终于把那个烦人的声音从耳边彻底赶跑了。她又看了一眼鞋带,如果只有一只鞋的鞋带散开的话,她说不定真会趿拉着这只鞋,就这么回家去。可现在两只鞋都这样,她只能乖乖弯下腰。粗粗的鞋带有点儿滑,她蹲下身后才发现,自己拎了好几桶水的胳膊开始渐渐酸痛。她听到同学在喊:“春信,快点儿。”

“噢。”

“春信,我今天回家还要出一趟门,那我先走了……”

“噢。”

春信胡乱应答了一句,等她再抬起头,连一同值日的同学都不见了踪影。

“也不等等我。”春信嘀咕了一句。

不知是不是老天爷终于听到了这个可怜小孩儿的心声，当春信站起身来，捶了捶酸痛的胳膊，打了个巨大的哈欠，视线扫到操场上的大树时，忽然，她看到那里有一个扭来扭去的白毛团。

咦？那是什么？

一开始，春信觉得一定是自己累得眼花了，不然她怎么会在校园里看到一只狗？

春信揉了揉眼睛，那个白毛团依然没有消失。两排路灯像是排队的星星，城南老钟敲了六下，大树摇摆着树冠，似乎很高兴终于有人发现了自己脚下的小家伙。一阵风吹干了春信后背上的汗水，她打了个激灵，确定自己不是在做梦。

她真的在校园里遇到了一只狗！应该是一只流浪狗，春信又揉了揉眼睛，这只狗不大不小，是只白狗，只不过太脏了。

这只狗趴伏在树丛下，在春信看它的时候，它也抬起头看了春信一眼。

那是怎样一双晶亮温顺的眼睛啊，湿漉漉的，像雨后

时隔多年，她依旧不会忘记，那只趴伏在树下的小狗朝她走近了一点儿，而它的额头上竟然冒出了一闪一闪的光，那黄豆粒般大小的黄绿色光芒有节奏地闪啊闪，把春信都看呆了。

天空上挂着的星星。

这附近有这样一只可爱的小狗吗？春信歪着脑袋仔细打量，想分辨出它是不是从附近谁家跑出来的。

在春信学校附近这个小区，可着实有不少养狗的人，有人养蝴蝶犬，有人养约克夏犬，有人养博美犬，还有人养一副老头模样的雪纳瑞犬。一到遛狗的时间，狗的主人就牵着自家的狗晃悠悠出了门，他们遛狗简直比上班还敬业。

春信家也在这附近，如果是附近的狗，还是一只这么可爱的小狗，一只像炸开的毛团一般的小狗，春信一定会对它有印象。

它的绒毛就像是烫了卷的波浪，让人一看到就很想揉揉它的长毛，捏捏它的爪子，摸摸它的脑袋。当然，春信最多只是想一想而已，她告诉自己要克制，这可是一只陌生的小狗，贸然去摸是不安全、不礼貌的。所以，春信叫了两声："狗！狗！"想看看小狗会不会向她走过来。

而就在这时，春信看到了她自打出生以来最具童话色彩的一幕。时隔多年，她依旧不会忘记，那只趴伏在树下的小狗朝她走近了一点儿，而它的额头上竟然冒出了一闪一闪的光，那黄豆粒般大小的黄绿色光芒有节奏地闪啊闪，把春信都看呆了。

这是什么？难道小狗的额头里藏了一盏小灯？

春信从来没有见过这么奇特的狗，虽然，在这城市里，发光是一件再寻常不过的事——店铺的招牌是发光的，霓虹灯是发光的，十字路口的红绿灯从不熄灭，比天上的星星还厉害，小孩子穿的鞋子一踩也会发出光亮，但她从没见过狗会发光！

春信不禁揉了揉眼睛，想确定是不是自己眼花了。可过了好一会儿，那一点儿小灯依然在小狗的额头上微微闪烁。

小狗眨巴眨巴眼睛，也像在对春信说："嗯，你不是在做梦。看，我就是在发光呢。"

这神奇的一幕让春信更加想要上前一探究竟。

对了，她记得，她口袋里好像还藏了一块豆干。她将豆干掏了出来，"嘶啦"一声，随着塑料包装被撕开，豆干的香味溜了出来。春信看到小狗微微摇了摇尾巴，看来，小狗对这块豆干的味道也很感兴趣。又过了一小会儿，它果然试探着凑近了春信，舌头一卷，把豆干吃掉了。可惜，小狗的动作太快，它吃完了豆干，又马上退后了两步。春信只来得

及看到，它额头上好像有一只小虫，难道……是传说中的萤火虫？春信的脑海里一下子跳出了“萤火虫”这个词。

但春信也不确定，因为，就像其他远离自然、在钢筋水泥的城市里长大的孩子一样，春信连水稻都没有亲眼见过，更何况是萤火虫呢？她只在书本上看到过那种小巧却美好的生物。这真不是春信见识短浅，毕竟，连春信的爸爸妈妈也已经有十几年没在城里看见过萤火虫了，这里就连蝴蝶、蜻蜓都很少见。

春信以前只从视频里看见过那奇妙的小小生物，想不到今天，竟然有幸遇到了一只趴在小狗脑门儿上的萤火虫。嘿，难道这不是一只普通的小狗，而是一辆流浪狗公交车？春信不自觉地冒出这样奇幻的猜测——也许这只小狗是专门载着小小的萤火虫乘客，来到了春信面前。难怪那只小狗那么脏，长途跋涉的汽车可不都是这个样儿？

那么，它们旅途的终点又是哪里？

就在春信想再次伸出手去摸摸小狗的时候，这只白色的毛团却飞快地弹了起来，然后钻进夜色里，跑开了。

“喂，你要去哪儿啊？”

小狗的耳朵颤了颤，它似乎听到了，但它没有回答春信，而是像个老司机，蹿了几下就不见了踪影。任凭春信怎么呼唤，它都不肯再停留一分一秒。

夜色更深了，再不回家，家人一定会担心，春信只能回家去。路上，晚风微凉，春信摇了摇头，很怀疑刚才的一切都是一场盛夏的幻觉。

所以，春信真的遇见了一只额头上有萤火虫在发光的流浪狗吗？

2

提灯的小虫

就在春信怀疑自己刚刚是不是做了一场梦的时候，她根本没有发觉，此时，自己的身上已经发生了某些不可思议的变化。

她转过一个街角，回到家里。她抹了把额头上的汗上了楼，决定不再去想刚刚那个小插曲。

其实，不光是春信，就连那只萤火虫自己也想不通，它究竟是怎么来到这个城市的。

它本是一只乡野萤火虫，生活在这座城市郊区的一片湿地旁某个潮湿的草丛里。在那里，没有杀虫剂的威胁，更没有彻夜不眠的灯火扰乱它们，生活算是十分安逸了。白天的时候，它会在草丛里吹风，或者找个地方睡大觉；等到夜晚安静下来，它就在星空下数星星，然后发发光，偶尔，它也和其他萤火虫们玩一会儿捉迷藏的游戏,或者也会到其他草丛里串个门,比如,拜访一下住在隔壁草丛的那只慢悠悠的家伙。萤火虫也挺满意这样的生活,它是个安贫乐道的家伙,如果可以,它甚至希望自己能一直这样安逸地度过一辈子。

可天知道,这美好安逸的一切却在一天前的那个傍晚结束了……

那天傍晚,又到了萤火虫们开萤火舞会的时间。往常夏天,这样的舞会都会开个几回。

萤火虫们会在舞会里一展自己优美的舞姿,结交新朋友。为了这场萤火虫舞会,萤火虫绿尾早早用草叶上的露珠把自己梳洗得干干净净。作为一只讲卫生的干净虫,萤火虫绿尾的甲壳总是被它擦得锃光瓦亮。眼看天黑下来了,它第一个点亮了自己屁股上提着的小灯,这也是它这一身礼服上最漂亮的装饰。萤火虫绿尾发出的光是黄绿色的,这一点儿光亮也是一个信号——萤火虫舞会开始了。

天上的繁星闪啊闪,仿佛也在为萤火虫们打起舞蹈的节拍,夜风吹散了白天的烦闷,一切都准备就绪。萤火虫绿尾轻轻飞起,正打算跳起开场舞,忽然,它想起了一件事,哦，对了，它还没叫自己的邻居萤火虫慢慢起床呢。“慢慢”是绿尾给自己隔壁的萤火虫邻居取的外号，它和那家伙自打出生就是邻居，但和急性子的萤火虫绿尾不同，那家伙做什么都是慢吞吞的，至今它已经因为磨磨蹭蹭错过了两场萤火虫舞会。萤火虫绿尾时常疑惑，这家伙到底是被什么懒洋洋的家伙传染了？

因此，为了自己的朋友着想，这一次，萤火虫绿尾发誓，绝对不能让那家伙再迟到。

这不，天刚黑，萤火虫绿尾就收拾好了自己，向隔壁草丛飞了过去，它要叫慢慢起床。

“喂喂喂，起床了……”绿尾闪烁着光，落在慢慢家的一根草叶上说道。

随着萤火虫绿尾摇晃着草叶，在萤火虫绿尾的周围，陆陆续续亮起了许多萤火虫的光，仿佛呼应着萤火虫绿尾的呼唤。随即，一些萤火虫飞舞了起来，它们在半空中翩翩起舞，可慢慢还是没有醒，倒是其他一些小家伙醒了过来。

它们是谁？

“咕呱”“咕呱”，厚密的草丛中根本看不见它们神秘的身影，但那一阵阵蛙鸣声仿佛在为这场萤火虫舞会奏响悠闲的伴奏。

它们遥远、朦胧且不喧闹，仿佛交响乐团中某首前奏中出现的乱棒，与这静谧而空旷的傍晚是那么相得益彰。听了这声音，谁还能说青蛙不是盛夏傍晚最优秀的音乐家呢？

萤火虫绿尾也不甘示弱，马上飞了起来，它很期待今晚能交到新朋友。可就在这时，“突突突，突突突……”不远处传来了一阵奇怪的响动。

一个骑着摩托车的人来到了这里。“吱——”他停下了车子，然后拎着一个旧布袋下了摩托车。

起初，萤火虫绿尾和其他萤火虫都没有太在意那个人，毕竟，这城郊湿地虽然偏僻，但偶尔还是有一些过客的。只是今天这个人着实有些古怪——

明明夏日的烈火已经退去，可那人的头顶还牢牢压着一顶大大的帽子，哪怕汗水顺着脖子直往下流，都把领子打湿了，他也没有摘下来的打算，鬼鬼祟祟，好像生怕别人看到他的脸似的。

他身上穿着长袖长裤，脚上还穿着一双雨靴。天哪，今天又没有下雨，这是什么奇怪的打扮？他一出现，就径直钻到湿地这边的草丛里来了。萤火虫绿尾这才注意到，他嘴里还叼着一个小手电筒。冥冥中，萤火虫绿尾觉得有点儿危险，其他萤火虫大概也有这样的想法，它们纷纷从半空中落了下来，有的钻回了草丛里，有的趴在草叶上一动不动，而那个怪人也走了几步，站在绿尾旁边的草丛里不动了。

奇怪，难道这个人钻到湿漉漉的草丛里就是玩木头人的游戏吗？

看到那人不再往前走，一些萤火虫开始放松了警惕，几只好奇的萤火虫打算飞起来看看究竟是怎么回事。可就在这时，危险发生了！

只见那人张开了一个布袋的口，看到一只萤火虫微微发着光飞起来，就“嗖”地一下把萤火虫套进了布袋里！

这一幕让所有的萤火虫们都吓了一大跳。

随即，它们反应了过来：坏了，危险！快逃！

可谁想到，这一飞反而让那人有了更多抓捕的目标，倒是有些聪明的萤火虫赶忙悄悄退回草丛里，才勉强逃过了一劫。

那人显然是个老手，没一会儿就利落地套走了许多萤火虫。然后，他目光一转，看向了萤火虫绿尾所在的位置。不好，它和那个人的距离太近了！夜风微微摇曳青草，而萤火虫绿尾作为这一片草丛中长得最大最精神的萤火虫，把细长的草叶都压弯了腰，到底还是吸引了那人的注意。萤火虫绿尾不敢乱飞，也不敢发光，只能试着顺着草尖往下滑动，试图躲回草丛里。谁知道，这时候萤火虫慢慢却醒了，飞了出来。“绿尾，绿尾，看，我今天终于没迟到……”它的光也像它一样慢悠悠闪烁着。糟了，要被发现了！一阵劲风，萤火虫绿尾看到那人猛地将口袋向这里兜了过来。

“慢慢快回去！”萤火虫绿尾一边急促地闪烁着，发出危险的信号，一边向慢慢扑过去。可它还是慢了一步，这下，它们两个都被抓进了袋子里……

就这样，萤火虫绿尾和它的同伴开始了一场被迫的“旅行”。被装进袋子里的它们不知道自己将要去往哪里，它们能做的，只有在袋子里闪烁着和同伴交流。“你还好吧？”“我没事，你呢？”

微微的光亮照亮了这个小小的布袋。袋子口扎得很紧，萤火虫绿尾试了试，根本冲不出去。

萤火虫绿尾很后悔:“慢慢,是我对不起你,如果我不叫你起来,按照你慢吞吞的性子,说不定就能在草丛下躲过这场灾难了……”

萤火虫慢慢闪烁了一下:“是我太不灵活了,如果只有你自己,一定可以灵活地逃走……”

可这时候说什么都没有用了,萤火虫们在颠簸的口袋里被晃来晃去,没一会儿就晕头转向了。它们不知道走了多久,也不知道迎接自己的将是什么,唯一能做的只有默默趴在袋子里,等待时机。今天的意外让它们疲惫极了。又过了不知多久,它们来到了某个小小的屋子,一双手伸进了布袋,萤火虫们又被扔进了一个个透明的带透气孔的小瓶中,鸭子嘴巴长的小瓶子里有一根蔫嗒嗒的小树枝,一些萤火虫被塞进去赶忙躲到了小树枝后。萤火虫绿尾也被迫和它的伙伴慢慢分开,被装到一个不同的瓶子里。萤火虫绿尾一进去就开始撞击着瓶口的位置,“啪嗒”“啪嗒”,它不要待在这种破地方。可一只萤火虫能有多大的劲儿呢?它只能一次又一次在那透明的牢笼里做着徒劳的动作。

萤火虫绿尾伤心极了,突如其来的变化让平时最乐观的它也有点儿承受不住了。从宽敞自由的郊外到如今狭窄的玻璃瓶，这生活境遇简直是一个天上一个地下，巨大的落差让它不禁怀疑，自己是来到了萤火虫的监狱吗？

“啪嗒”“啪嗒”，绿尾不知道自己撞击了多少次玻璃瓶，而随着一次次撞击，它知道，逃出去的希望越来越小了。

“不错，挺欢实，这样的萤火虫才好卖。明天就拿你开张……”灯光下，萤火虫绿尾听那人这样嘀咕了一句。接着，那人就把三十个装着萤火虫的小瓶放到了一个柜子里。

“啪嗒”一声，柜门关上，柜子里一片漆黑。

萤火虫绿尾挣扎累了，落在了瓶底，随着它缓缓落下去的动作，一种伤感的寂静似乎在它周围蔓延。或许正是受到这种气氛的感召，距离它不到五厘米的地方，忽然亮起了一点儿微光。

“慢慢……”

萤火虫绿尾知道，一定是一同被抓来的同伴在鼓励自己，它连忙也亮了起来。对，不能就这么轻易放弃，它们一定会找到逃走的方法。想到这儿，萤火虫绿尾连忙重整心情，点亮了自己的光。它不是孤军奋战的，它还有慢慢，还有其他萤火虫和自己一起。一盏盏黄绿色的小小光亮照亮了这个昏暗的小柜子，它们就这样时不时相互鼓励，直到第二天天亮。

萤火虫绿尾从没经历过这么难熬的夜晚，没有草地，没有星空，等待它们的也不知道会是什么。

那个人会把它们关到地老天荒吗？萤火虫绿尾越想越没底。

就在萤火虫绿尾快要绝望的时候，柜子终于再次打开了，一双粗糙的手拿起了绿尾所在的瓶子。“这只怎么样？”绿尾听到那人压低了嗓音问。

“嗯……”

“这只最亮了。”

“真的吗？”

萤火虫绿尾不明白这两个人在嘀咕些什么，只能凭眼下的情况来猜测，它似乎要被抓住自己的那个大坏蛋递给柜台外的那个人了，可对面的那个人在犹豫，犹豫什么呢……萤火虫绿尾依然不理解自己为什么会被抓过来。它想了又想，自己最宝贵的也是它最骄傲的地方就是自己的光亮了，那么，它们难道是因为这个才被抓住的吗？眼下是白天，萤火虫都不发光，就算个别家伙可以发光，萤火虫绿尾也绝对不想发光给这些抓自己的坏人看，因为它的光芒是留给自己的好朋友的，是留给天上那些会对它们萤火虫眨眼睛的星星的，是留给向它们张开温柔怀抱的夜晚母亲的。如果让它对自己讨厌的家伙发光，它宁可装死。

看到萤火虫绿尾这副蔫嗒嗒的样子，不仅是柜台外面的人越来越犹豫，连店老板也没了底气。他心里嘀咕道："哎呀，昨天晚上明明还亮得好好的，现在怎么这么蔫呢？难道在瓶子里待了一晚上，真的病了吗？"他又瞄了一眼柜台外那个和柜台一般高的小家伙，咳咳，这可是今天的第一位客人，生意做成了就叫开门红，他还是很想讨个好彩头的。于是，他只好不情愿地打开了瓶子，打算将萤火虫倒出来递给小客人，来证明自己的萤火虫没有问题。他一边打开瓶子，一边说道："那还用说？我还能给你挑不好的？你自己看看吧……"

店老板晃了瓶子一下，试图要将那瓶子里一动不动的萤火虫倒出来。可萤火虫绿尾却犯了牛脾气："哼，你想把我装进来就装进来，你想把我倒出去就倒出去？我还不想出去了呢。"它牢牢扒住小树枝，瓶子晃了两下，它都没有被倒出去。

牢牢卡在瓶子里的小树枝仿佛也在帮萤火虫绿尾，秃头老板用他那粗壮的小拇指抠了又抠，也没能将小树枝扒拉出来。他只能换个姿势，变成一手拿着玻璃瓶，一手轻轻拍打瓶底，“啪嗒”一下，这回卡在瓶子里的树枝总算掉出来了，一同掉在玻璃柜台台面上的还有萤火虫绿尾。

萤火虫绿尾被摔得有点儿蒙。它出来了，它自由了！它很是灵活，立马翻了个身，远处，一阵夏风从敞开的窗子吹了进来，那里是自由的味道。萤火虫绿尾知道，自己终于等来了机会，只要从那里冲出去，它就成功逃脱了。可在它身后的柜子里，还有被关起来的慢慢和其他萤火虫同伴。有那么一瞬间，萤火虫绿尾十分犹豫，自己真的要丢下它们独自逃走吗？萤火虫绿尾从来不是软弱的家伙，但眼下情况特殊，它知道，只有自己先逃出去才有拯救同伴的希望。纷乱的思绪仅在一念间，随即它就坚定了起来。对，它必须先离开这个牢笼，才能帮其他同伴想办法。

此时，在萤火虫绿尾看不见的柜子里，萤火虫慢慢和其他萤火虫们也在为它加油：“绿尾，逃吧！你先逃出去，我们才有希望啊……”

就这样，绿尾不知从哪儿涌起了一股力量，它一咕噜翻了个身,冲着窗子飞快地冲了过去。事发突然,站在柜台旁的两个人都没有料到刚刚还在装死的萤火虫竟然动作这么快。“哎呀,快抓住!”一大一小两双手连忙同时去扑,可双双扑了个空。萤火虫绿尾奋力飞着,左冲右突,竟然真的把那四个巨大的“五指山”甩到了身后,不过,这也几乎用光了它的全部体力。是啊,被关在闷热的瓶子里一整晚,再强壮的萤火虫都要承受不住了。但一定是老天的怜悯吧,就在萤火虫绿尾眼看快没有劲儿了的时候,又一阵刮进屋子的风帮助了它。风摇摇晃晃把绿尾吹向更高处,让那矮个子秃头老板和小孩儿都够不到它了,绿尾也距离窗户更近了。这时的绿尾也缓过劲儿来了,看着近在咫尺的自由,绿尾又鼓起全部力量,这一回,它真的借着风的帮助摇摇晃晃冲出了窗子,逃离了这个“萤火虫监狱”。趁着白天的萤火虫不发光,它像一滴水汇入了大海,很快就消失在了茫茫城市里。

而在萤火虫绿尾身后的人只能无可奈何:“哎哟,哎哟,怎么让它跑了?”

“那……那怎么办?”另一个年幼的声音迟疑地问,本来走进这家店后就忐忑的心这下更扑通扑通乱跳了起来。

他有点儿发慌，不知道自己是不是应该转身离开。

店老板看出这小孩儿脸上犹豫的神色，唯恐他改变主意，连忙稳住他说："算了，算了，咱这儿还有其他萤火虫，来看看这只，喜欢吗？"

在萤火虫绿尾飞出去那一瞬，它想，原来，它是那么可有可无啊。可是，为什么这么可有可无的它们，还会被人从那么远的地方抓来呢？

萤火虫绿尾可能永远也想不通这个问题，它唯一能做的只有依靠本能——逃！

逃！萤火虫绿尾不知道飞了多久，这是一个全然陌生的地方，它也不知道往哪儿飞才是家的方向。它只能在茫茫城市里不断寻找。

路上，车水马龙，时不时传来刺耳的鸣笛声，巨大的声响把跌跌撞撞的萤火虫绿尾吓坏了。"这么飞下去不是办法。"它看着眼前的一切，啊，和郊外的家相比，这是一个多么奇怪的地方啊——这里没有参天的古树，只有光秃秃的方方正正的一幢幢"大山"，路上跑得飞快的东西都没有皮毛，却会发出"嘀嘀嘀"的怪叫声，人们从这些奇怪东西的肚子里钻进又钻出。

萤火虫绿尾飞得好累，落在了一个垃圾桶的桶盖上。阳光炽热，眼前这个巨大的城市似乎在发光，可萤火虫绿尾更喜欢潮湿的环境，根本不适应这里的气候。“不知道其他伙伴怎么样了。”绿尾也不知道自己飞了多久，最后才找到一小块光秃秃的绿化带，“不然，先去那儿躲一会儿吧，等天黑了，再想主意。”就这样，它飞进了灌木丛，可刚进去，它就吓了一大跳，因为，灌木丛里竟然躲着一只小动物。萤火虫绿尾躲避不及，一头扎进了一堆脏兮兮的毛里。

原来，绿化带那枝枝蔓蔓的灌木丛里，趴着一只小小的流浪狗。

那只小狗脏得早已分不出是白狗还是黑狗了，毛挺厚，乱糟糟的，像个迷宫。萤火虫绿尾挣扎着想往外飞，可好几次都没能飞出来。这下，萤火虫绿尾彻底没劲儿了，又坠落回了狗毛里。迷迷糊糊中，它感觉小狗似乎跑动了起来，但到了这会儿，它已经顾不得小狗会跑去哪儿了。跑吧跑吧，随便去哪儿都行，如果一觉醒来，能一下子回到郊外那个熟悉的家里，就再好不过了。萤火虫绿尾就这样期盼起天黑来。天黑了，它是不是就能看到其他萤火虫的微光了？

可惜，现实终究没有让萤火虫绿尾梦想成真。城市的夜色来得太晚，耀眼的夕阳像一个迟迟不肯回家的小孩儿。而天稍微一黑，路灯又立马接过太阳手中的接力棒，亮起来了，那灿烂的白昼和灯火通明的夜晚几乎无缝衔接。如此光亮必然不能让夜行生物感到愉悦，所以，再次醒来的萤火虫绿尾就这么被眼前的光亮搞迷糊了。

这是在哪儿？又回到那个狭小的瓶子里了吗？

萤火虫绿尾动了动，是软软的触感，哦，好像还是在那只小狗的狗毛里。还好，自己没有被抓回去，可现在又是在哪儿呢？

萤火虫绿尾费了好大劲儿才从狗毛里挣扎出来，趴在狗毛里向外看。此时，小狗趴伏在一棵巨大的树下，这里正是春信的学校养正小学，这棵树在操场北侧，挨着教学楼的位置，一看就不是这只流浪狗的家，不知道它是怎么跑进来的。小狗似乎休息够了，没一会儿便起身想要走，可这时的大树也早就发现了自己脚下的小家伙，毛茸茸、圆乎乎的，大树舍不得它就这么快离开。哇，它有多久没看到过这么可爱的小狗了？它想让它和自己多玩一会儿。于是，大树连忙摇晃了自己的树冠，发出“哗啦啦”的声音。小狗果然被吸引了，停了下来，闻了闻树干。

没一会儿，一个背着书包的女孩路过这里。她的出现让萤火虫绿尾燃起了一丝丝希望，因为，在女孩掏出豆干喂流浪狗的时候，萤火虫绿尾发现，她身上有一点儿发光的荧绿色。

夜色下，萤火虫绿尾以为是另一只萤火虫同伴逃了出来。就这样，在流浪狗再次跑开，女孩在它身后追赶的时候，萤火虫绿尾从流浪狗的毛里挣脱了出来。它默默对这只载了它一路的流浪狗说了一声“谢谢”，然后，毅然决然地悄悄飞到了女孩身上。它落到女孩的书包上，一闪一闪地呼唤着自己的同伴，可这时它才发现，原来，那并不是什么萤火虫，只是女孩书包带上的一小块荧光图案罢了。

女孩很快就到家了。她跑进一个灯火通明的屋子，萤火虫绿尾只能暂且藏到女孩的校服衣领下。

3

春信的萤火虫客人

这是一个明亮而温馨的小家。虽然不大，只有五六十平方米，但屋子收拾得干净极了。

春信到家的时候，爸妈已经准备好了晚饭。

“快去洗手。”

“嗯。”

“今天在学校怎么样？”

卫生间传来一阵稀里哗啦的洗手声。

“今天老师讲的课程难吗？”妈妈又问。

“嗯，挺好的。”

在学校挺好的，老师讲得也不难，但春信好累好困，不想说话。

餐桌上，两菜一汤和鲜榨的西瓜汁、酸梅汤都不能吸引她。她现在就想回房间睡上一大觉，还是妈妈催促她“快吃饭，要凉了”，她才回过神来。真奇怪，她一定是困迷糊了，不然怎么屋子里灯火通明，电视里播放着热闹的娱乐节目，在这么明亮的光里，她却忽然有一种冲动，想关掉灯，关掉整个城市的灯，看看那只萤火虫到底藏在哪儿呢？不过，她也只是想了想，并没有把内心的想法说出来。

春信哈欠连天地吃完了饭，晚上照例是写作业、洗漱。她今天都没看最喜欢的故事书，洗漱完就上床睡觉了。

远处，书桌对面的墙上，一幅用特殊画笔绘制的星空画依然绽放着星星的光芒，在这一片安详和静谧里，春信睡着了。

明天一定都会好起来的。

或许是“日有所思，夜有所梦”吧，这天晚上，春信睡着后也梦到了一片小小的星空。咦？她在做梦吗？

梦里，春信来到一片陌生的林间空地。这个梦看起来很真实，春信似乎闻到了泥土的芳香，闻到了林间草木的味道，感觉到了风凉凉的，吹在胳膊上，像穿了一件绸子衣裳。忽然，远处出现了一点儿熟悉的光，紧接着，更多一闪一闪的小灯笼飞了过来。啊，她梦见萤火虫了！

这成群结队的萤火虫，穿过了森林，来到了城市。它们成群结队飞来的样子，真像星星的碎片飘落在了凡间。春信看它们飞啊飞，竟然飞进了自己的窗子。

春信看着萤火虫们在自己的屋子里盘旋，有的落在作业本上，有的落在窗台上，还有的落在墙壁上。落在墙壁上的萤火虫似乎是在和星空画里的星星比美，没一会儿，估计是觉得还是自己更好看，才心满意足地从窗子飞出去。

外面是家家户户亮起的灯火，灯火通明的城市，将黑夜都照得发白，那些萤火虫也钻进灯火里不见了。这样的画面是那么梦幻，对啊，这本来就是梦。春信舒展着四肢，好像躺在一团云里，摇曳的微光给一切都笼罩上了一层神秘莫测的色彩。不知怎的，这情境让春信似乎回想起了一些事，不过，它们只在脑海里飞快划过，具体是什么，她又想不起来了。

只有萤火虫离去的背影，让春信越来越不舍。她想喊它们留下来，可怎么也喊不出声。它们每飞走一只，仿佛就带走了春信身体里的一丝疲惫。它们慢慢飞向夜的最深处，就在春信即将跌入梦的更深处时，她忽然发现，还有一只萤火虫没飞走，就落在她的椅子上。

真好啊，还有一只没飞走。

那一点闪烁的萤火是那么好看，就像冲着春信眨眼的星星。

春信不由得换了个姿势，将脑袋下压麻木的胳膊抽了出来，可这个动作却让她猛然惊醒过来。咦？她看了看对面墙壁上的星空画，又看了看椅子，撑坐起来。

不对，不是梦吗？那又是什么？

只见黑暗里，春信的椅子上真的有一点儿小小的光半掩在挂在椅背上的衣服下，一闪一闪的。春信确定，那一闪一闪的光和她之前在流浪狗的额头上看到的光一模一样。

这下，春信更确定自己不是在做梦。

是的，这当然不是梦，是一直藏在春信衣领下的萤火虫绿尾发光了。

它自从来到这个小小的屋子后，就一直小心隐藏着自己，一动也不敢动。直到春信吃完晚饭、写完作业、上床睡觉了，它才试探着在这片陌生的领地上探索起来。然后，它终于弄明白，原来，那个女孩身上的荧光只是她书包上的图案，并不是另一只萤火虫。那么，这里也就没有继续待下去的必要了。

萤火虫绿尾想，它必须赶快飞出去，想办法拯救自己的同伴，其他萤火虫还在等它，还有慢慢……眼下夜色正好，正是离开的好时机。可它没想到，等这个女孩躺下，屋子里却亮起了一片星空。

萤火虫绿尾当然不知道什么是夜光画笔，它只见过真实的星空，哪里知道人类还会发明出这种东西呢？当它忽然看到那一颗颗闪烁的星星就在自己前面，它们一闪一闪，看起来和真实的星空没什么两样，绿尾一时也分不清它和真实的星空有什么区别，只感觉自己仿佛回到了郊外，那些星星好像在和自己对话，在安慰自己“别怕，绿尾，你是最厉害的萤火虫，你要勇敢……”

绿尾就这么看着星空画上的星空发了一会儿呆。真奇妙，那些微弱的光亮仿佛给了它力量，让萤火虫绿尾也忍不住在黑暗里闪烁了起来。就在这时，它被春信发现了。

春信轻轻地掀开夏凉被下了床。夜里，一点点声音都会被无限放大，春信害怕吓到那片“星星的碎片”，于是她用比她的同桌张小柿在课堂上偷翻漫画书还要轻的动作小心翼翼地挪下了床。

床边的小地毯上，春信没看完的故事书摊开着，她小心地绕开了它。她觉得自己需要一盏台灯，但想了想，还是没有开，她害怕自己其实还在梦里，而灯一亮，美梦就被戳破了。

是啊，如果不是在梦里，该怎么解释那只在流浪狗额头上的萤火虫为什么会出现在自己的卧室里呢？

那么，这只萤火虫会不会正是傍晚春信追的那只小狗额头上的那一只呢？春信很希望它就是，她希望是她之前喂小狗吃豆干的时候，这只萤火虫悄悄落在了自己的衣服上……

春信就这样向那一闪一闪的方向慢慢靠近。那闪烁的光很有规律，仿佛在说话，只不过春信并不懂萤火虫的语言，萤火虫又闪了两下，忽然灭了。

黑暗里，春信一时失去了方向。她茫然站在卧室中，怀疑自己真的在梦游。但就在她刚要转身去开灯的时候，刚刚落在椅子上的那一点儿黄绿色的光又出现了，只不过这一回，它落在了春信的书桌上。

哇，那个小家伙是在和自己捉迷藏吗？

当春信冒出这个念头，她越来越觉得，这只萤火虫是

在和自己玩捉迷藏的游戏。

看，当春信刚一来到书桌旁，那只有着黑色外壳的小虫，又提着尾部一闪一闪的那盏小灯笼飞到了书桌上的小书架上。

它一会儿飞到春信的毛绒小熊的鼻子尖上，假装自己是一枚发光的纽扣；一会儿飞到春信的玩具兵的帽檐上，假装自己是一个发光的小装饰；一会儿又钻进玩具小货车的车厢里，假装自己是小货车的司机，把春信溜得团团转。

每一次，春信差一点儿就用手心轻轻扣住它了，它都机灵地飞走了。弄得春信只能掐着腰气呼呼说道：“嘿，我才不是抓不到你，我只是怕弄伤你而已。”

不知道是不是萤火虫听懂了春信的话，它这一次又飞了过来，飘飘忽忽落到了春信的头发上。刚刚春信在屋子里转来转去，还不停抓耳挠腮，她的短发已经起了静电，头顶上竖起了一撮头发来，那萤火虫正好在这一撮立起来的头发上落了脚，大概是把这撮头发当成了一根小树枝吧。

春信感觉到自己的头上亮起了一盏小灯，她的脖子立马僵住了。她仿佛被萤火虫施展了什么“一动不动”的魔法，整个人都僵硬得好似一个木头人，全身上下只有眼珠在努力往上抬，想看看萤火虫落在自己头上到底是什么样。可春信又不是管眼鱼，眼睛也没有长在头顶上，不能朝上看，这不，她都看得翻白眼了，还是看不到萤火虫发光的样子。她只能屏住呼吸，踩着小碎步，慢慢凑到书桌一角的小镜子前看自己。黑暗里，什么都看不见，只有萤火虫亮起来那一瞬，她能看到自己头顶上那如同电波信号一般有节奏地一闪一闪的光。不用再怀疑，这就是萤火虫！

春信缓慢地抬起手，这一回，萤火虫落在了她的手心里。而就在她想仔细观察一下这个小家伙时，忽然——

"春信，你还没睡吗？你噼里啪啦的在干什么？"

不好，妈妈来了！

妈妈的耳朵怎么总是那么尖？春信平时在屋里只要有一点儿风吹草动，妈妈好像都能听见，弄得春信没来由地心虚。她匆忙用手心轻轻扣住那只萤火虫，然后一下子钻进了被窝里，还用棉被蒙住了头，假装自己睡着了。

"啪嗒"一声，妈妈开门打开卧室的灯看了一眼。春信听到妈妈嘀咕道："咦，睡了？那是哪儿来的声音呢？"妈妈又关上灯、关上门，走了。

春信藏在被子里，被子里的萤火虫隔着她的手心，从指缝露出一点儿光，那光依然在一闪一闪，将春信的手变成了一个小灯笼。哇，真的好像抓住了一颗星星啊！春信就这样屏住呼吸，等妈妈走远了才从被窝里钻出来。

呼——危险解除！

这一次下床她更小心了，确定外面没有一点儿动静，才重新来到书桌前，小心地打开了电脑。

借着电脑屏幕的光，春信仔细观察趴在她手心里的小家伙：黑黑的外壳，指甲盖般大小，不发光的时候，就是一只样貌十分普通的黑甲虫，不知道的人谁能想到这就是萤火虫呢？

好在，她和这只小家伙挺有缘。春信还记得，小时候她和妈妈去郊外的公园看蝴蝶看蜻蜓，那些蝴蝶、蜻蜓都是躲得远远的。春信伸出指尖，假装自己的手指是一根池塘边的蒲草，可是蝴蝶、蜻蜓都不上当。

难得有一只这样亲近自己的小动物，春信想和它交朋友。她小声嘀咕道："喂，我叫春信，东北的冬天很长很长，'春信'是期待春天的来信的意思。你叫什么名字？"

萤火虫沉默着。它的沉默像一个巨大的谜团,让春信对这只萤火虫的一切更加好奇。

这种强烈的渴望促使她更想多了解一下这只小家伙。它叫什么名字?它从哪儿来的?它为什么会跟自己回家?

而在春信看来,交换名字是朋友之间相识的开始。春信记得,在她很小的时候,曾有一个人一一指给她看,每种东西都有名字的,柳树之所以叫柳树,月牙儿之所以叫月牙儿,它们的名字里都藏着它们自己的样子,那不仅是人类用眼睛对它的描述,也是人类了解世界的开始。当一种物品有了固定的名字,就不会和其他事物混为一谈了,它就是它自己。人们将带着自己对这个世界的印象生活下去,不会有人轻易丢掉自己的名字,也不会有人轻易将其他事物的名字变来变去,这也是人们对于世间万物最初的尊重。

名字的力量不仅限于此,春信还记得自己曾看过一则公益广告,至今印象深刻。电视上先出现一张圆圆的表盘,移动的指针每扫过一种动物,那种动物的名字就像是碎掉的星光一般消失了。春信一下子就理解了那则公益广告的意思,那代表着随着时间的推移,那种动物也像它们消失

的名字一样灭绝了。

丢失名字真是一件很可怕的事，春信从那儿以后就明白了这一点。后来，当她渐渐学会观察周围的世界，她发现他们这条老街上也是这样，这里曾存在过无数家老店铺，当它们有名字有招牌的时候，意味着它们活着，而牌匾被摘掉就意味着倒闭，再也没有了。丢失名字是被遗忘的开始。人也是。

可萤火虫不会说话，春信该怎么知道它的名字呢？嗯……春信犹豫了一下，随即似乎想到了办法。她轻轻敲击键盘，搜索起了网页来。不查不知道，一查吓一跳，看着网页上弹出的结果，春信这才知道，原来这世界上有那么多种萤火虫，大概有两千多种。我国的萤火虫种类也很多，它们分布在全国各地，唯独不太会生活在城市里。林林总总的名字，什么黑萤、姬红萤、窗胸萤，都是很专业的术语。当然，这是形成现代自然学科后人类给它们取的名字，在古代的时候，萤火虫的名字反而会更梦幻一些，比如“流萤”“夜光”“景天”……估计它们遇到的是诗人。

而春信也很疑惑，它到底是从哪儿来的？

春信很想多了解一些关于这只萤火虫的故事，可老街不会说话,无法向她透漏萤火虫的来历,萤火虫自己也似乎睡着了。春信想,哎,索性她也学习诗人吧,干脆给萤火虫取个她们之间的名字吧。她又仔细观察了一下这只萤火虫,它提着的小灯是黄绿色的……不如,就给它取名叫"绿尾"?

绿尾?

恍惚中,萤火虫绿尾好像听到有人在叫它的名字了,是这个人吗?萤火虫疑惑地亮了一下,难道这个人认识自己?它连忙不停闪烁着,试着用光的语言和春信说话。它飞快地讲了自己和同伴的遭遇,可闪烁了半天,春信根本听不明白。萤火虫急坏了。可惜无论它多么着急,春信依然不懂它经历了什么。

倒是春信看到萤火虫闪了又闪,还以为它一定是喜欢这个名字呢。

春信笑着看着这只小虫,如果不是害怕妈妈听到,她一定会跳起来大声冲窗外喊:"看!我有一只萤火虫了!它叫绿尾,它喜欢我给它取的名字呢!"

可兴奋过后,更多问题摆在了春信面前:她究竟该拿这只萤火虫怎么办?

书桌前就是窗子，只要打开窗子，让萤火虫飞向黑夜，萤火虫就能重获自由。可是，刚刚把手放在窗边，她的手却忽然停了下来。难道就这么把萤火虫放出去吗？它会不会遇到危险？

春信很纠结，不知道自己到底应该怎么办？不然……让这只萤火虫自己选择？

春信深吸了一口气，轻轻打开了窗户，拉开了纱窗，晚风吹进了屋子，微微拨着春信的头发。春信将萤火虫放在了窗台上，说："绿尾，你自己来选择吧。"

而这一次，听到春信又在呼唤自己的名字，失落的萤火虫绿尾又重新燃起了信心。这个小孩儿果然又叫对自己的名字了！难道她能听懂萤火虫的光语？但她为什么就是不闪烁着回答自己呢？

在萤火虫绿尾犹豫的工夫，看到萤火虫没有飞走，春信激动极了。她觉得，这是萤火虫也舍不得离开自己。

要不然，让它暂时住下来再说？

就这样，小小的私心和不舍让春信又轻轻关上了窗户。对，等明天，她明天就鼓起勇气去求爸爸妈妈，让他们同意绿尾留下。说起来，春信其实一直想养一只小动物。在春信的班级,很多同学家里都养小动物了,有的养了猫,有的养了狗,还有的养了小兔子。那么,她可不可以干脆就养这只萤火虫呢?她一定会将它当作自己最要好的朋友。而且,估计没有什么比拥有一只萤火虫朋友更酷的事情了。对,就这么办!

春信这样想着,更加下定了决心,明天一早她就和爸妈说去。她还在心里反反复复想好了明天的台词,才慢慢冷静下来。

不过,眼下还有一件重要的事需要春信解决,那就是今夜这只萤火虫需要一个小小的安全的临时住所。春信关好了窗子,有点儿手忙脚乱。或者,可以找一个布袋子暂时让它住进去。可转念一想,春信又觉得不行,布袋子很容易压扁,盒子也不安全,不通风。忽然,春信想到了一个东西……

4

住在核桃小屋吧

春信想到了什么？

两年前，春信曾在大马路边上买到过一个宝贝，那个东西或许可以当萤火虫绿尾的家。

在春信居住的这条大马路上，其实有不少不可思议的店铺。有的店铺的招牌看起来一点儿也不起眼，可走进去便会发现自己进入了一个奇妙的世界。曾经这里有个核雕店，就是这样的。

说起来，那天春信发现这个店铺也是偶然。她记得当时自己刚和爸妈从镇上回来，经过城外清新空气的洗涤，车子一开进城里，春信的鼻子就像罢工了似的，一连打了不知道多少个喷嚏。

阿嚏，阿嚏……

一连串的喷嚏像是一堆炸弹，把春信炸得脑壳嗡嗡响。第二天早上，春信也是被自己的喷嚏震醒的。这“喷嚏闹钟”一定是世界上最厉害的闹钟，本来打算一觉睡到九点半的春信都没法再赖床。春信赶忙下床打开了窗户，想呼吸一下新鲜空气，而就是在那时，她忽然注意到，街对面有一个老人正在往自家的橱窗上贴着什么。春信的视力还算不错，她没有近视，那纸上的字也不小，所以她清楚地看到上面写的是“店铺清仓”。

自己和爸妈刚去乡下姥姥家待了几天啊，怎么又有一家老店要倒闭了？

春信看着那几个字，想了好一会儿，发现自己在这里住了这么久，竟然都不知道那是一个卖什么东西的店。强烈的好奇心驱使她决定吃过早饭后去看看。于是，当小伙伴们在单元楼前跳绳的时候，春信走进了那家店铺。

“春信，你干什么去？”

“我看看这里是卖什么的。”

“那你快点儿。”

春信轻轻推开了那家店铺的门，看到里面摆着许许多多的核雕。原来，这竟然是一家卖核桃雕刻的店铺啊！

这里不是玩具店，也不是零食店，的确不像小孩儿们会光顾的地方。因此，春信站在店门口，一时间不知道自己应该退出去还是走进来。这是一家看起来十分古老的店，估计老人才会喜欢。店老板看起来比这家店还要老，一头银白的头发，像是头上顶着一个棉花糖。看到春信走进来，店老板似乎也很惊讶，为什么这个小朋友会跑到自己的店铺里来呢？但她还是耐心且温和地说道：“欢迎光临，小朋友，看看想要什么？”

店老板穿着的确良衬衫，鼻子上架着一副镜片很小很圆的老式眼镜。看到春信走进店来，她抬头看着春信，眼镜都滑到了鼻尖上。

是啊，想要什么呢？她之前连这里是卖什么的都不知道，说起来这真是有点儿尴尬，春信的鞋尖在地板上碾了碾。“嗯，我也不知道，我是看到窗户上贴着的那张纸才进来的，那个……”

原来如此。

老板点点头，并没有因此而轻视这个小顾客，而是微笑着鼓励她说完自己想说的话。

看到店老板并没有笑话自己，春信的胆子大了起来。

她磕磕巴巴地继续说道："不过，我吃过核桃……"

春信紧接着的这句话，却把老板逗笑了。老板似乎有点儿没想到，这孩子会冒出这么一句，这孩子说她吃过核桃……"哈哈，那当然，我也吃过。"老板笑眯眯地说道。

老板大概不会想到，自己的店里有一天竟然会发生这么有趣的对话，这位年轻的小顾客，似乎让她的店铺也变得年轻了。眼看她的店即将关门，她觉得，这也许是老天想给她留下一些有趣的回忆。

这么想着，老板忽然想和这个小孩儿多聊一聊。反正她的店也要关了，没有什么人来。于是，她又说道："那你要进来看看这些不能吃的核桃吗？"

不能吃的核桃？就是这些？

看起来的确不能吃，春信一边想着一边不觉向店里走了几步，来到柜台边。"那这些核桃都能做什么？"

"做什么啊……可以用来玩儿的。"

"核桃是玩具吗？"春信头一次听人这么说。

"那当然了。你看，这个核桃被雕刻成了动物的形状。因为我喜欢小狗，可是我年纪大了，如果每天牵着绳子出门遛狗，狗肯定能带着我跑。所以，我就雕刻了一只核桃小狗陪我玩儿。还有这个，被我雕刻成了一团花球，这样的话，下雨的时候，我不用出门，在家里也能看花。还有这个，我给自己雕刻了一艘小船，有了这艘核桃小船，我就可以带着我的核桃茶壶、核桃花篮一起去春游了……”

春信看着老奶奶像准备过家家的玩具似的，拿出了一个又一个好玩儿的核桃雕刻品。

小小的核桃如汤圆般大，上面却雕刻出五花八门的图样和形状。春信第一次发现，原来核桃不仅好吃，还这么好玩儿。

“哇，那您是怎么学会的这些？”

“我啊，我爷爷就是做这个的，我爸爸也学了好多年，但他雕得不好，后来就去开了酱油店。不过，我十几岁又开始学了这个，我爷爷说我雕得很不错，我就一直雕了下来。看看，店里的这上千个作品都是我雕的。”老人说起自己的作品，脸上充满了自豪和快乐，她的眼神也在发光。这种快乐也感染了春信，她没有刚进来时那么紧张了。

春信好奇地打量了一圈儿。这个店铺面积并没有多大，但屋子里收拾得干干净净、整整齐齐，一看就知道，店主人在用心打理着。店铺里一共有四个柜台，里面打着灯，摆放着大大小小的核桃雕刻。柜台后面是联排的货架，上面也放了很多。

春信趴在柜台上仔细看了起来。她的身高几乎和柜台一般高，她趴在柜台前看的时候不用踮脚也不用弯腰，一切都刚刚好。有那么一瞬间，她感觉眼前的核桃都是为了她的光顾而准备的。这么多雕了花样的核桃，让春信险些看花了眼，但忽然，她看到了一个有趣的核桃雕刻，那圆圆的核桃可以像怀表一样打开，两瓣核桃里都有精致的设计，像是一个核桃小房子……

后来，春信用本来打算买雪糕的五块钱买下了它。

如今想起，这么精美的核桃雕刻用五块钱怎么能够买下来呢？一定是那个老板看自己喜欢，才随便出了一个价钱吧？

关于这个核桃雕刻，春信一直十分喜爱，但又不知道做什么用。现在看来，难道是冥冥中早有注定，今天让它成了一只萤火虫的小屋？

春信在抽屉里小心地翻了半天，终于在抽屉深处找到了那个核雕。两年了，它依然色泽光亮，泛着红褐色的柔

春信小心地把萤火虫放进去，没一会儿，萤火虫的核桃小屋亮起来了，像是久无人居住的小屋迎来了它的主人。“真像是一个童话里的小屋啊！”

光。小小的核雕十分精巧，打开核桃的两瓣，里面竟然是一个微缩的“小房间”，有的地方做了精巧的镂空，这样既不会让萤火虫飞出去，还能透气，正好当萤火虫的家。

春信小心地把萤火虫放进去，没一会儿，萤火虫的核桃小屋亮起来了，像是久无人居住的小屋迎来了它的主人。“真像是一个童话里的小屋啊！”

巴掌大的核桃小屋里，多了这样一位特殊的房客，一下子充满了生机。萤火虫绿尾似乎也很喜欢这个奇妙的核桃，它一钻进去就用自己尾巴上的光照亮了小屋里的一切。这位客人把核雕弄得一闪一闪的，这下子，看起来里面好像真的有人居住，核桃小屋真像活了一样。

春信看着这个发光的核桃小屋，越看越喜爱。哦，对了！她拿着这个巴掌大的小灯，铺开了桌面上的一本书。她将核桃小屋在书页上小心移动，随着核桃小屋的移动，书上的一行行字被照亮了，虽然光亮微弱，但也能分辨出上面写的是什么，难怪古代有“囊萤映雪”的故事。别说，多了这位小小的萤火虫客人，春信看着书本上的字，再也不觉得心烦了。

不过，这核桃小屋里的光线还是很暗，长时间在这样昏暗的环境里看书会伤害眼睛,春信索性合上了书桌上的故事书。她用拇指和食指捏着发光的核桃小屋,举起它和墙壁上的星空画进行对比，夜空中的星星是银白色的,而核桃小屋里的萤光是暖色调的黄绿色光点。春信想,也不知道这只萤火虫看着画里的星星,会不会想起自己远方的亲人和朋友。它们就这样默默地交相辉映,在这个宁静的夜晚把黑夜戳出了一个窟窿,从那明亮的地方,春信似乎看到了什么梦幻的东西。

就让它在枕边,陪着自己入梦吧……

春信将核桃小屋放在枕头边,没一会儿,她就在萤火虫绿尾的闪烁中睡熟了。

这一晚,春信睡得特别香,一眨眼,第二天就到了。

早上睁开眼,闹钟的指针刚指向六点半,照理说今天是周六,春信可以不用早起,可她还是早早起了床,因为,今天她打算和爸妈坦白萤火虫的事。她已经打定了主意,一定要说服爸妈答应留下绿尾。所以,她必须好好表现。

她要做的第一件事就是不赖床了,不仅不赖床,她还要主动帮爸妈打扫一下卫生。平时,几乎每个周六的早上,

春信的爸妈都有打扫卫生的习惯。他们平时工作忙，因此趁着周末闲暇时光，总会开始忙忙碌碌地收拾家里。春信就想着，自己也勤快一点儿，让爸妈看到，自己已经长大了，不仅可以照顾自己，也可以好好照顾萤火虫。这样，说不定他们就能答应。

想到这儿，春信头一次没在被窝里翻来覆去，而是一鼓作气坐了起来。她朝靠墙那一侧的枕头边看去，只见那个住着萤火虫的核桃小屋没有了一点儿光亮。从镂空的地方往核桃小屋里看，哦，原来萤火虫睡着了。是啊，经过长途跋涉，它是应该好好休息一番了。不知道是不是感觉到小小的核桃里十分安全，萤火虫一动也不动。

不过，真奇怪啊，为什么明明晚上的萤火虫那么梦幻美丽，可一到了白天，它不发光的样子几乎和别的甲虫没有什么不同呢？难道萤火虫就是童话里的那个灰姑娘，只有到了夜晚的时候，魔法生效，它才会变得美丽起来？

春信小心地将核桃小屋揣在睡裤的口袋里。有了萤火虫绿尾的存在，她对马上要做的一切充满了巨大的信心。春信觉得，自己就像是童话里即将披荆斩棘的战士。

而一些微小的转变也在春信身上不知不觉发生了。比如，春信以前在家里从没做过什么家务，在学校里也不积极值日，但眼下，她却对劳动不再讨厌。而看到春信这么早起来，春信的爸妈也着实吓了一跳：“春信，你醒了？”

厨房里，妈妈正在煎鸡蛋，爸爸正在洗菜，看到女儿起床了，他们有一点儿吃惊。哪个周末不是叫上两三次才起来，今天这是怎么回事？

“嗯，醒了。”春信瞄了一眼厨房，就转身到卫生间拿了拖把，然后回卧室打扫了起来。爸妈对视了一眼，都发现春信今天很不一样，可又弄不清到底是怎么回事。不过，对于孩子好的变化、积极的变化，他们并不会反对。

看着春信的背影，春信妈妈吐了吐舌头，和春信爸爸对了下眼神。春信爸爸想了想，又抻着脖子冲春信喊了一句：“春信，你的书桌也该收拾一下了。”

啊，收拾书桌？

春信不禁在心里发出一声哀号，这可是她最不乐意做的事啊！她看着自己那乱糟糟的书桌、摊开的作业，深吸了一口气。为了萤火虫，她忍了。

“好的……”春信有气无力地对着门外应了一句。

可这下子，春信的爸妈更觉得奇怪了。女儿竟然说“好

的”，今天也太奇怪了吧？这下，两个大人都开始不动声色地观察起春信来。

他们嘀嘀咕咕，嘀嘀咕咕……

“你觉得春信是怎么了？总感觉她哪里怪怪的。”

“我觉得这样挺好，什么事都自己主动来做。”

“可这么神神秘秘的，她一定是瞒着什么事。”

“咱们再观察观察，毕竟，靠别人没有用，什么事情都得靠孩子自己。成长需要自我培养。咱们能一直跟着她吗？咱们能一辈子在她身边告诉她每一件事怎么做吗？咱们老了不在她身边怎么办？她得学会独立思考、独立动手，她得学会就算没有咱们，她也能健康快乐平安地长大。咱们在一旁尽力把她往好的方向引导就行了……”

此时，春信并不知道自己小心隐藏的秘密早就露出了马脚，她还在担心自己会不会露馅儿了。她拍了拍胸口，真是有点儿提心吊胆啊！同时，她也十分心虚，这感觉就像是自己在和家长打游击战。

这让本来信心满满的春信，一顿早饭都吃得惊险极了。好几次，她想开口和爸妈说萤火虫绿尾的事，可不用抬头，她都能感觉到爸妈审视的眼神，她只能把话又咽回了肚子里。

“我写作业去了。”吃完饭,春信硬着头皮和妈妈说了一句,就又回了屋。

怎么办?怎么办?怎么办?

春信愁得直抓脑袋,只能先翻开了作业……而这一切却并没有结束。等春信写完作业,她又听到爸爸喊了一句:“春信今天真的好棒啊!那一会儿把那本科学课外书看了吧。”

什么,科学课外书?爸爸说的不会是那一本吧……

一提到这个,春信又在心里哀号起来。爸爸说的科学课外书是一本关于航天科学的科普书,说实话,春信看起来有点儿难度,那些机械啊、航天器啊,春信一点儿也看不懂,每次看都想睡大觉。可是妈妈说,多涉猎些课外知识有好处。春信只好每次捏着鼻子看。到现在为止,她只看了二十多页。

想到这里,春信觉得不能再这么下去了。她脑袋一热,决定不如干脆现在就跟爸妈坦白吧。于是,春信合上了书,来到爸妈面前,说道:“爸爸、妈妈,我有一件事想和你们说。我想养一只小动物,可以吗?”

屋子里忽然安静了，春信看到爸妈的脸忽然严肃了起来。“春信，原来你今天做这些都是为了和爸妈提要求啊？”

春信没来由地心虚起来。她简直想大声喊冤枉，可又没办法解释。

“春信，那今天你做这些是真的发自内心在做吗？你觉得自己不赖床、多做家务，是养小动物的交换条件吗？小动物也是生命，不是闹着玩儿的，要有责任……”眼看爸妈又要开始长篇大论了。

春信扁着嘴，眼泪忽然要掉出来了。萤火虫的事看来没法说了，春信心里很难过。她憋了半天，憋出来一句：“我看你们就是不同意。”说着，她跑回屋子，关上了门。

看着女儿竟然红了眼眶，春信妈妈也很不好受。

“咱们……”

春信爸爸拍了拍春信妈妈的背：“没事，咱们也是为了孩子好，养小动物就要承担起责任，不是说养就养的。”

“可……”

“哎，如果下次春信再提这个事，咱们再好好考虑。如果还是实在……”

“嗯，那要不要看看春信去？”

“先让她自己想一想吧。”

此时，卧室里，春信正抹着眼泪。看着核桃小屋和里面安睡着的萤火虫，她不知道接下来该怎么办了。而对萤火虫绿尾来说，眼下的处境也并不是那么好过……

5

光芒与暗淡

无论外面有多么好，萤火虫绿尾都更想回到自己的家里去。

萤火虫绿尾不喜欢这个没有花、没有树、没有草丛的地方，它想在星空下飞舞，想闪着光和其他萤火虫们打招呼，连隔壁草丛那个慢吞吞的邻居它都很想念。而且，萤火虫绿尾知道，留给自己和其他萤火虫们的时间并不多了。

毕竟，对于萤火虫来说，它们的寿命并没有那么长。人的一辈子有几十年的光阴，狗也可以拥有十几年的时光，可一般的萤火虫呢，野外生存时间也就只有那么三到七天时间，长的可能也就十到二十天时间而已。是的，它们的生命是那么短暂却灿烂，经过十几个夜晚的光彩飞舞就会寿终正寝，而为了这短暂的闪亮，它们却要用一年的时间才能从卵到幼虫，再从蛹到成虫。萤火虫一出生就居住在天然且没有污染的水域附近，萤火虫绿尾也是如此，因此，它做梦也没想到，自己会遭遇眼下这样的困境，这是它的族群都没有遭遇过的。它在最美好的年纪被人抓进了那个口袋，被装进瓶子里，现在虽然从那个可怕的地方逃出来了，却也无法回到自己的家了。

如今的城市里，是没有它们的栖息之地的。

萤火虫绿尾十分想念它的其他同伴。它们会遇到危险吗？它们是不是还在等自己去解救它们……萤火虫绿尾伤心地想。可惜，自己现在什么也做不了。渐渐失去了希望的绿尾，身上的光也渐渐暗淡了下去。

是的，萤火虫绿尾不想发光了，它太累了。

而对此，春信还一无所知。在这个周六的晚上，春信在做梦。梦里，“啪嗒”一声，春信看到天上的星星被雨水冲了下来。瀑布般的雨水，将天地连接了起来，像无数个顶天立地的梯子。被淋湿的星星，如一盏橘黄色的灯火。春信的床变成了一艘飘摇的核桃小船，她戴着最喜爱的船长帽和一只小狗舵手向着风雨的最深处进发。

咦，这只小狗好眼熟啊，它不是那只萤火虫落到额头

上的小狗吗？现在它竟然变成了小船的舵手。它要带着自己去风雨深处做什么？“嘿嘿，当然是捞一颗掉落的星星了。把它拿回码头，当作一个温暖而明亮的航标，之后，便再也不会有船在风雨里迷路。”小狗舵手对春信说。

要去捞星星？

“星星那么大，小船可以放下吗？”春信很着急，特别怕星星把它们的小船压沉了。春信浑身已经被雨水打湿，可小狗飞快打满了船舵，毅然决然地向着风雨深处前进、前进、前进！

风雨是最不听话的，它们总是一次次将春信与小船抱紧又推开。在无边无际的黑暗里，那点如豆的橘黄色星火却总是不远不近。真的要捞星星吗？这期间，还有一只海鸥摇摇晃晃向他们撞来，春信大喊着：“紧急情况！舵手左转舵，左转舵！”好在最后她们有惊无险，来到了巨大的星星前。

这可怎么捞？

春信看着小狗舵手，心里没了主意。可谁承想，这时候星星忽然变得和萤火虫一样小，落到了小狗的脑门儿上！

春信猛地从睡梦中睁开眼，不远处墙壁上的夜光星空画依然亮着。她揉了揉惺忪的睡眼，卧室里，没有核桃小船,没有海鸥,没有风浪,船长春信的怀里,只有一条被拧成麻花的被子,大概是在梦里被拧成了缰绳。

春信摸了摸枕头,湿漉漉的。原来是自己睡前因为萤火虫的事哭了,梦里才下那么大的雨。

哎,屋漏偏逢连夜雨,自己最近怎么真的和这句话分不开了?而就在这时,她忽然发现,萤火虫的小屋有一点儿不对劲,本来安安静静待在核桃小屋里的萤火虫竟然没有发光。

这时候,挂钟的夜光指针明明才显示夜里一点五十分,萤火虫的小屋却变暗了。如果说原本那个核桃小屋的光亮像是里面装了一颗闪烁的星星,而现在,就变成了只有一根蹦出点火星的蜡烛的光亮大小,微弱,摇曳,最后彻底在春信眼前熄灭了。

这一次,不亮的时间也特别长。

春信想,在一个纯黑暗的环境里会不会好一点儿呢?可当春信用手捂住核桃小屋,萤火虫依然没有亮起来。

春信又将自己和核桃小屋蒙在被子里,那个核桃小屋却依然没有一丁点儿光亮,甚至后半夜,它都再也没有亮起过一次。

这是正常的现象吗？春信不确定。是萤火虫困了？累了？还是生病了？

萤火虫不会说话，也没有人告诉春信，当一只萤火虫暗下来，到底应该怎么办。

这下，春信有点儿躺不住了。她又悄悄起来打开了电脑，仔细在网上搜索相关的词条，但都没有一条说萤火虫的光暗下来的情况。网页上倒是搜出来不少关于萤火虫的童话故事的链接。这都是什么呀？春信挠挠脑袋，很抓狂。

一整晚，春信就这么迷迷糊糊的，时不时起来看看萤火虫。但核桃小屋真的再也没有亮起来过，这让春信也越来越担心，越来越愧疚。

忽然，春信冒出一个想法：萤火虫难道是想家了？她竟然从没想过萤火虫也会想家。

看来，只能送它回去了。

可春信发现，自己不知道萤火虫的家在哪儿。她第一次见它是在学校的那棵大树那里，实在不行，她只能将它送回那里了。

于是，第二天早饭后，春信悄悄带着萤火虫小屋出了门。她和妈妈说了一声自己出去打一会儿羽毛球，就背着球拍往学校的方向去了。学校的操场也会对居民开放，人们可以在那里踢足球、打篮球、打羽毛球或者跑步。

看着春信蔫嗒嗒的背影，爸妈想说什么，但想了想又没说。

转过街口，春信远远就能看到学校操场上的那棵大树，也就是她第一次见到萤火虫的地方。这么好的一只萤火虫，当然值得在最美好的地方安家。想不到，它兜兜转转又回到了这里。

而这里也是春信没有选择的选择，因为，春信仔细回想了一下周围的环境，能找到的环境最好的地方就是这个校园了。这附近其余的地方都是老街，再不然就是车水马龙的马路，没有什么植物，只有这个校园里有一棵喜人的大树，据说已经生长了快一百年了。一百年的老树，的确气场非凡，下课时学生在树下休息或者看书朗读，都感觉比别的地方要凉快很多。大树像是一台巨大的中央空调，调节着学校里的空气。其实之前不是没有人建议砍掉这棵树，用空出的地方盖新教学楼，可他们的校长坚定地说，这些绿油油的颜色很护眼，城市里五彩斑斓的楼房已经够多了，有这么一片绿色，才很难得。

于是，大树就这么一直留在了操场上。

春信想，萤火虫绿尾一定也喜欢那里吧。不然，它也不会和小狗一起出现在那儿。

在一片砖瓦中，那棵大树真的格外显眼，像是一片城市沙漠里的绿洲。春信忽然有点儿理解，为什么校长奶奶要坚持留下这棵大树了，有绿色的植物在校园里，真的会让人的眼睛好舒服，离得老远也能一眼看见它，真是一个美妙的绿色坐标。

春信慢慢向学校走去。忽然，她看到远处有一个熟悉的身影，那人戴着帽子，鬼鬼祟祟地走进了小市场街的某个商店。

咦？那不是前几天说打球伤了腿，和老师请了假的张小柿吗？那天，因为他请假，春信她们值日可累得够呛。不过，春信忽然想起，张小柿的家并不在这附近，为什么他周末会跑到学校附近来？

春信走着走着，不觉来到张小柿刚刚出现的位置，那张小柿一晃就不见了。旁边只有一家熟悉的工艺品店，店铺挂着小小的招牌，上面是“工艺品”三个字。奇怪，人去哪儿了？春信抻着脖子往店铺里看了一眼，奇怪的是，里面并没有张小柿的身影。不过,看着店铺,春信却忽然想起了什么,便大步走进了店里。

春信推开店门,店里的确没有刚刚看到的那个疑似张小柿同学的身影。眼下是周末,不住在这附近的孩子当然不会到这儿来。看来,是春信眼花了。不过,春信也没太在意,或者说,她已经没有心思想别的了,她已经被眼前货架上的一排东西吸引走了全部的注意力。

原来,这是一家卖微观瓶的店铺。

不知何时起,在春信她们学校周围,流行起这种趣味的 DIY 植物摆件。这种 DIY 生态瓶其实就是在一个玻璃容器里倒上种植土,将土浇灌得微微湿润,然后铺上提前泡好的苔藓或菖蒲,再在上面布置火山石、金色沙子、松树皮、艾绒、树造型的小摆件等,于是,小小的瓶子里像是一个真实的自然世界似的,一个被圈起来的小世界。

透明的瓶子可以方便观察苔藓或菖蒲的生长,里面的艾绒拥有细密的叶片纹理,交织成块状,耐干旱又遇水而活,也可以在里面放置灰绿色或灰白色的白发藓,短小的叶片紧密簇拥,丛丛堆叠,看起来就十分有生命力。

春信忽然又冒出一个侥幸的念头,或许这个微观瓶能让萤火虫找到回家的感觉。春信真的舍不得这位特殊的萤火虫朋友，就想试一试这个办法。

店里，各种各样的微观瓶让春信一时难以选择，有海藻球的、水草的、装着空气凤梨的，有里面游动着迷你小鱼的，还有布置得像一片沙滩或一片雨林的。一段时间没来，这里又多了许多新花样，真是琳琅满目、应有尽有。萤火虫绿尾会喜欢哪一个呢？

“这种微观瓶特别好打理，只要拿着小喷壶往里面喷一点儿水，这些苔藓就不会干枯，里面的小草也会一直保持着绿色。”

老板说着，拿起一个小喷壶，往一个微观瓶里喷了两下，那个微观瓶是一款名叫绿野仙踪的微观瓶，里面打造的布景特别像一个小小的山谷。当喷壶喷了两下，里面水汽蒸腾，看起来真像是某个真实存在的山谷。最重要的是它体积很小，放在书包里带回家去完全没问题，一个五十五块钱。春信拿出将近半个月的零花钱，买下了它。

从店铺出来的时候，春信越看这个微观瓶越喜欢，迫不及待想把萤火虫放进去试一试。街上熙熙攘攘，春信却和从隔壁店铺里出来的一个同学撞了个满怀。是谁？怎么这么莽撞?

春信手忙脚乱,还好微观瓶没有掉在地上摔碎。可就在春信抬头想让那个同学向自己道歉的时候，春信一愣，这个人真的是张小柿！他不是腿受伤了吗？为什么走得这么快？张小柿十分惊慌,怀里似乎抱着什么,连头也没抬,连声说了几句“对不起,对不起”,急匆匆跑远了。

春信看着那火急火燎的背影。“喂！哎,算了……真是奇奇怪怪。”春信嘀咕着,又抬头瞄了一眼那个小店,咦,那里什么时候多了一家没有挂招牌的店铺？她怎么从来没有注意到过?春信心想,也不知道那个张小柿神神秘秘在搞什么。不过,现在春信还有更重要的事,她还得拯救萤火虫呢。

于是,春信顾不得眼下还在马路上,就打开了核桃小屋,打算给萤火虫搬家,让它住到那个崭新的微观景观瓶里去。

而此时,萤火虫绿尾也苏醒了过来。它从核桃的镂空处往外看,竟然看到了熟悉的地方,那不是它逃出来的地方吗?

萤火虫绿尾激动地发出了微光,想呼唤被困在店里的同伴。如果此时有另一只萤火虫也在这里,它就会知道,萤火虫绿尾在用闪烁的光问:“喂,你们好吗?”可春信并不懂萤火虫的话。她只知道,现在虽然是阴天,可还是白天,萤火虫竟然微微发光了。虽然那光非常微弱,但这也完全打破了春信对萤火虫的认知。这也让春信兴奋极了,她误以为,萤火虫绿尾一定是迫不及待想要搬到自己的新家。

可就在春信要把萤火虫从核桃小屋里拿出来的时候,一直不怎么动弹的萤火虫忽然奋力从春信的手心里飞了出去。它认出来了,这地方很眼熟,正是它昨天逃出来的地方, 抓走萤火虫慢慢和其他萤火虫的店铺就在不远处,它必须去看一眼自己的同伴,或者,它可以把这个小女孩带往那里。经过这一天的相处,这个女孩虽然把它关了起来,可到底没有伤害它。萤火虫绿尾想,它能不能让这个女孩也把其他萤火虫救出来呢? 可遗憾的是,由于在瓶子里待了太久,又一直待在核桃小屋中,萤火虫绿尾飞了几下,就没有力气了。它越来越虚弱,只能歪歪斜斜先往墙边阴暗的地方飞,那里有一个不起眼的小水坑,再不到湿润的地方去,它就要变成萤火虫干了。

这时候,那个角落里一个眼熟的家伙吸引了萤火虫绿尾的目光,而滴滴答答的雨点也滴落了下来。

萤火虫绿尾看到的是其他萤火虫吗？并不是。

当绿尾再次落到那片熟悉的毛茸茸的毛发中时，巨大的安全感包围了它。

此时，一直跟在萤火虫身后的春信心底冒出了一个声音：或许让这只萤火虫自由地离开才是最好的选择。可是，春信终究还是很舍不得萤火虫离开，也害怕这只小小的萤火虫在这个大大的城市里遇到危险。于是，她还是慢慢跟了上去。

萤火虫绿尾飞得很慢。

忽然，滴滴答答，下雨了。雨不大，淅淅沥沥的，春信眼看就要在淅沥的雨里失去萤火虫的踪迹了，可就在她快要停下脚步时，她忽然听到一阵低沉的狗叫声。

咦？那是什么？

春信险些惊讶得跳起来。这个城市这么大，她以为自己再也没办法找到那只额头上会发光的流浪狗了。

可这不是做梦，春信的确再次看到了它！

原来，飞累了的萤火虫绿尾又落到了之前的那只流浪狗身上。萤火虫在它熟悉的毛茸茸的流浪狗的额头上再次发光了，就像春信第一次看到的那样！

流浪狗也没想到，自己会再遇到一天前那个迷糊的萤火虫乘客。看到那个熟悉的小家伙又落到了自己的脑门儿上，流浪狗努力忍住甩毛的冲动，只微微动了动耳朵。算了，它也是和自己一样没有家的可怜虫，自己能给它一个躲雨的地方，就让它在那儿吧。

而当春信再次看到这只脏兮兮的流浪狗，她看着它湿漉漉的眼睛，一咬牙，做了一个决定！她要再和爸妈商量一次，她要养这只小狗，给这只小狗一个家。

这天晚上，春信很晚才回到家，她和妈妈从宠物店出来已经晚上八点了。那只流浪狗，原来真不是一只黑狗，在宠物店的水龙头下，它“大变活狗”，变成了白色的。这一整天，从拯救萤火虫，到收养流浪狗，春信过得真是跌宕起伏。更神奇的是，春信明明之前连告诉妈妈自己养了一只萤火虫的勇气都没有，这次却捡回了一只流浪狗。

晚上躺在床上，有那么一瞬间，春信忽然重新鼓起了勇气，或许把萤火虫绿尾的存在告诉爸妈也可以。可这天回来真的太晚了，春信没一会儿就进入了梦乡。

小小的房子里，响起了好多呼噜声——春信爸爸的呼噜声，春信的呼噜声，还有新捡回来的流浪狗的呼噜声。哦,对了,它现在再也不是一只流浪狗了,它有了一个新名字——“闪闪”。

这真是梦幻的一天。春信发现,似乎自打她遇到萤火虫绿尾和闪闪后,自己再也没有觉得无聊过。因为,发生的每一件事都在让她做出选择。而关于“选择”的事,还在继续。

一眨眼,第二天就来到了,春信一觉睡到大天亮。今天是忙乱的星期一,一个关于选择的新难题又出现在春信面前。春信起床后就看着书桌上的生态瓶,难道她真的要将萤火虫放进另一个美丽的“笼子”里吗?

昨天，萤火虫那在雨里自由飞翔的姿态还历历在目。春信有点儿脸红,自己几次说要放走萤火虫,却一次次反悔,自己是不是太自私了?

于是,春信想要把萤火虫绿尾放进生态瓶的手又犹豫了。萤火虫毕竟不是流浪狗,妈妈说,“收养流浪狗也好,是给它一个家……”

家啊,那萤火虫或许有自己的家和家人吧……想到这儿,春信的心十分不安起来。要不然,她把萤火虫带到学

校,去问问自然老师该怎么办……

就这样,萤火虫绿尾又被春信用核桃小屋原封不动地带到了她的教室。

要说把萤火虫带到学校，其实是一个十分冒险的行为,因为每天学校门口都有检查的老师。曾经,春信班上有一个孩子想把辣条带到学校，要知道辣条的味道特别冲,她还没走进校门,老师就把她的零食没收了。

今天也是这样,离得老远,春信就看到了站在校门口等待同学们的老师。春信提心吊胆地闷头走进校门,好在有惊无险,她顺利把萤火虫绿尾和核桃小屋带了进去。但不知怎的,走进校门那一刻,春信忽然有一种奇怪的预感,好像这只萤火虫会在学校引起巨大的轰动。

6

藏不住的秘密

春信带着萤火虫绿尾上学了。说起来，这还是养正小学第一位萤火虫学生。

春信的学校养正小学有一百多年的历史了。据说，它和这里的街道一同建于 1883 年，学校的前身是 “养正书院”，取“以养正圣功也”之意，大体的意思是——培养纯正无邪的崇高品质，是造就圣人的成功之路，而“养正”两个字，正是告诫学生们要培养纯正无邪的崇高品质。

自从上学以来，春信虽然成绩不是最顶尖的孩子，但努力向上，之前从来没有被叫到校长室过。所以，事情到底是怎么发生的，春信也说不清了，只知道，自己上课时，萤火虫绿尾竟然……

这天上午，本来这节课应该上自然课，春信已在心里盘算好了怎么向自然老师询问萤火虫的事。可谁知上课铃一响，春信一抬头，却看到穿着一身运动服的秃头数学老师走进了教室。一连好几天没出现的张小柿，也出现在了春信的座位旁。

春信将书包塞进课桌抽屉，先是狐疑地看了一眼张小柿。她很想问，昨天是不是他在小市场撞了自己，可数学老师已经三两步走上了讲台。他“啪”地一下，把一本已经旧得起了毛边的数学书放在讲桌上，大声说道：“孩子们，高不高兴？今天我和自然老师调了一节课，这节课我们上数学啦……”

底下鸦雀无声，有的同学露出了一言难尽的表情。

“什么意思？不高兴看见我？”

“啊……”这时，教室里瞬间传来一阵学生们的哀号。看来兴致勃勃的大概只有老师，同学们根本一点儿也不期待数学老师的出现。

说实话，春信也不想上数学课，哪怕她每次数学考试都能获得满分，蝉联三年数学老师最喜欢提问同学排行榜榜首，她依然更想上自然课，她还想问自然老师萤火虫的事呢。可她只能眼睁睁看着数学老师翻开了书，自顾自地讲起了方程式的解法。

数学老师一讲起课来十分投入，他的嗓门还特别大，像里面藏了一个高音喇叭，震耳欲聋的声音在教室里久久回荡。如果这时隔壁的班级不关好门，那些同学都得跟着他们一起听数学课。春信越听越焦躁。眼下正是盛夏，温度高极了，教室虽然开了风扇，春信也坐在窗户旁，属于教室里的“贵宾座”，可还是冒了一头汗。她摸了摸衣领的地方，连脖子都是湿的。

在这样的天气上课，真是很难不溜号。没一会儿，在春信的前后左右，有不少同学都悄悄开起了小差——有的同学在转笔，转掉了也不要紧，还能趁机低头捡起掉在地上的钢笔帽；有的同学在看热闹，虽然春信也不明白，掉在地上的钢笔帽能有什么可看的，大概困倦真会让人想入非非吧。

由于心里有事，没一会儿，春信也溜号了，涣散的目光离开了黑板，不自觉地在教室里游荡。她的目光偶然瞟向自己的同桌张小柿，嘿，往常总是懒懒地趴在桌上的家伙，今天却坐得笔直，脸色也不像生病了的样子，所以……昨天那个人真是他吗？

春信很好奇，但又不好意思问，因为，他们俩从做同桌以来就充满了各种小矛盾。

从开学第一天的“三八线”，到整排座位轮换时，他们换到靠墙的座位后，那个懒家伙下课总是趴在座位上睡大觉，让靠墙坐的春信出去一趟费劲极了……这样的事情简直数不胜数。不过算了算了，都过去了，老师说过，同学之间要友爱。春信也不打算翻旧账。

但春信还是注意到一些小细节，比如，张小柿的手总是抠来抠去，几次他似乎想打开书包，神情也紧张兮兮的。甚至在他的桌面上，上节课用过的语文书和字典都没有收起来，就那么摊开着放在一旁，原来，这家伙也是心不在焉。

而当春信的视线不经意划过张小柿的课桌桌面时，却忽然吃了一惊。只见一只眼熟的小虫竟然趴在他翻开的字典上，春信瞪大了眼睛，天哪，糟了，自己的萤火虫怎么爬出来了？

萤火虫绿尾不是一直乖乖地待在自己书包里那个核桃小屋中吗？可眼下，那摊开的字典上，的的确确有一个熟悉的黑色小点正在慢慢移动。春信的心一下子就提到了嗓子眼儿。

也不怪春信害怕，看，哪怕是落在这本巴掌大的字典上，萤火虫的身躯也显得太过渺小。

字典作为当下学生最常用的工具书，有多种版本。张小柿使用的这类字典，还算轻巧灵便。要知道，还有一种大字典，春信在家里也常常使用，那种字典几乎和砖头差不多大，掂量着也比砖头沉得多。春信记得，有一次，她在家里写作业，那本字典一不小心掉到了地板上，没一会儿，楼下的邻居就上来敲门，说楼下棚顶的墙皮被震掉了一大块……因此，春信真庆幸，萤火虫落着的字典不是她家里那样的。

不过，即便不是那种大块头，眼看着萤火虫悠哉悠哉地在翻开的字典上漫步，春信还是吓得大气也不敢出。她生怕心不在焉的张小柿一不小心合上了字典，把小小的萤火虫制成萤火虫标本。

而此时，春信已经完全没有时间去思考它究竟是怎么逃出来的。当务之急，是快点儿让它安全回到自己身边。可春信想了又想，都不知道自己应该怎么在全班同学的注视下，不惊动任何人地把萤火虫带回来。

讲台上，老师正讲得兴致勃勃，口沫横飞："含有未知数的等式叫作方程，使方程左右两边相等的未知数的值叫作方程的解，所以我们来看这个例子啊……”白板被马克笔敲得啪啪直响。春信立着数学书，咬着下嘴唇，一边用眼睛瞄着老师，一边用余光瞥着课桌桌面，她的手慢慢越过桌子上的“三八线”，向萤火虫靠近。春信想，她手快一点儿，说不定能飞速把萤火虫不知不觉带回来。

但春信不敢有太大的动作，她怕数学老师一发现自己溜号，就将手里的马克笔冲着这边飞过来了。毕竟，这世界上还有谁能比数学老师画抛物线画得准呢？

春信只能硬着头皮在老师转身的时候迅速伸着胳膊，将手探过去，可没等她将那小虫捞回来，那张小柿却吓了一大跳。他猛抬头，正看到春信用手去扣字典上的一只小虫。他那胖乎乎的身体一哆嗦，立起来的数学书就倒在了书桌上，他拼命咽下嗓子里的惊呼。这响动也吓到了萤火虫，春信只能眼睁睁看着原本老老实实趴在那里的萤火虫飞了起来……

是的，那只萤火虫飞了起来！

春信真怪自己的粗心大意，竟然让萤火虫在课堂上跑了出来。

那萤火虫也是大胆，只见它一飞就飞到了黑板上，不，更准确地说应该叫白板，现在的教室为了卫生，都改用白板了。萤火虫趴在白板上，假装自己是黑色马克笔写的字中的某个笔画。但它的伪装也太不像了些，全班同学立马认了出来。同学们发现一只小虫落在了上面，瞬间发出一阵哈哈的笑声。看样子大家都热坏了，只要是发生了一点儿学习之外的事情，都能让大家感到有趣、好笑。

此时，春信却紧张得不行，她真害怕老师会把萤火虫当成一只普通的扰乱课堂秩序的虫子扔出去。这可是二楼啊，如果萤火虫被扔出去，她可就再也找不到它了。

当然，这还是春信能想到的比较好的结果，更让春信害怕的是——不好，它已经发生了！

春信眼看数学老师抓了抓自己的光头，拿起了一旁的教具格尺，似乎是打算彻底处理掉这个扰乱课堂秩序的不速之客。春信的心也提到了嗓子眼儿，她也顾不得会被老师批评或者叫家长了，立马就想站起来让老师手下留情。没想到老师动作快，可萤火虫的动作更快，它灵敏的危险雷达似乎终于起了作用，灵活地扑腾了一下，竟然飞到黑板更高处去了。

数学老师仰着头，看了看这个黑板上的小虫子，说道：

“呦，挺灵活的啊……”

他挠了挠他寸草不生的脑袋，端详着黑板上扰乱课堂秩序的小家伙，似乎一时也不知道应该怎么办。大家从没见过数学老师露出这副困窘的模样，一直以来，他在全班同学的心里，都是不苟言笑的“恐怖大魔王”，和数学一样难对付。而今天他竟然会被一只小虫难住，大家的笑声更是像爆米花一样炸开了锅。

没有人知道此时数学老师心里在想什么，他就那么郑重地端详着这只小虫，似乎在判断这到底是一只什么品种的虫子。不过，他不是自然老师，自然不知道这黑乎乎的小甲虫有什么不同之处，它身上也没写自己的名字，看起来和别的小虫没什么两样。所以，数学老师想了一会儿，觉得还是不要耽误学生们宝贵的学习时间，快点儿结束这个可笑的笑话吧。只见他回身到讲桌上拿起了数学书，打算拍上去，然后继续上课。

这大概是这只萤火虫人生的巅峰时刻，全班五十多双眼睛都盯住了它。

教室里的大部分孩子都在看热闹，他们也根本不知道这是萤火虫，只以为是从教室外飞进来的小飞虫。只有个别孩子和春信一样，正紧张地看着老师，包括张小柿，他们看到数学老师拿起书，打算拍这只虫子，终于，五个学生同时跳了起来！

他们喊着：“不要！”“小黑！”“甲壳！”“天啊！我的光将军！老师饶了它吧！”

春信和张小柿惊讶地对视了一眼，教室里，除了他们俩，还有其他几个孩子站了起来，他们分别叫出了五个名字。

一只萤火虫怎么会有五个名字呢？当然不会。

春信也只有一个名字而已。

春信有点儿慌，这是怎么回事？难道……春信这才赶忙翻看自己的书包。

春信这时候才意识到，那只或许不是自己的萤火虫。对啊，自己真是糊涂了，自己那只萤火虫自打来到她身边就十分老实，能在流浪狗额头上的毛里藏着一动不动，怎么会突然飞到黑板上面？

春信的手赶忙从书包里悄悄掏出装萤火虫的核桃小屋。果然，她的萤火虫还老老实实地待在里面。

这时，春信班上，其实还有好几个孩子做了这个和春信相同的动作。春信惊讶地看着自己的同桌张小柿也拉开了书包拉链，然后拿出了一个小瓶子，不过，瓶子口竟然是开了的。

所以，这只飞出来的萤火虫不是春信的绿尾，竟然是她的同桌张小柿的？

那其他几个同学是怎么回事？春信看到还有三个同学也在看口袋、翻书包。春信有点儿蒙。难道，还有第二只萤火虫？不，看样子，还有三四只萤火虫，甚至，可能还有……

可萤火虫不是无法在城市生活吗？

春信清楚记得，自己在电脑上查到，萤火虫对于环境的要求非常严格，为什么一个班级一下子会有这么多萤火虫呢？春信有点儿不知所措。除了数学对什么也不感兴趣的数学老师也意识到事情有些不对，他轻轻用手指捏住这只霸占黑板的小虫。“这是？是你们养的？”

此时，春信和其他几个孩子的脑子里不约而同闪过一个念头——完蛋了！

7

我的倒霉同桌

完蛋了。

张小柿站起来，正好与数学老师犀利的眼神对上。他的大脑瞬间一片空白，以至于都忘了自己现在是应该重新坐下，假装什么都没有发生，还是应该怎么办呢……也许只过了一秒钟，也许又过了三五秒，随着数学老师的表情越来越严肃，张小柿渐渐绝望地发现，自己现在是坐下也不是，站着也不是。

眼前发生的一切对张小柿来说，就像是一道无解的难题，比数学书上的方程式还要难。张小柿想要抓抓脑袋，他一遇到烦心事的时候，头皮就会发痒，可是他刚抬起手指，又放下了。这也不怪张小柿紧张，要知道，他长这么大还是第一次遇到这种尴尬的情况。因为他平时比较懒，所以总

是能少动就少动，这种怕麻烦的性格让他平时真的不会主动惹事。但这一切从昨天他买回这只小虫就全都变了，麻烦似乎跟上他了。

是的，自从张小柿昨天从那个神秘的小店出来后，他每时每刻都在担忧。他一会儿担心萤火虫在瓶子里感到无聊，就放它出来待一会儿；一会儿又害怕瓶子那么小，别把萤火虫给闷坏了，就把盖子松一松。从昨天到现在，他几乎一直这么折腾来折腾去。张小柿的手还挺胖，手指也就不那么灵活，小小的瓶子口总会卡住他的指头，这可把他难为坏了。相信你一定会问，既然不喜欢，为什么还会买萤火虫呢？这实在是说来话长，张小柿买的这只萤火虫倒不是为了给自己，而是希望带给一个人看。“等看过了，我就放了你。”张小柿在心里暗暗对萤火虫发誓。

本来，他是准备今天把萤火虫送过去，可没想到，一早上起来，就被家里人赶到了学校。“张小柿，你的腿都请了多少次假了？怎么还不好？”张小柿一醒来就看到他爸瞪着一双老虎眼。

他不禁往被子里缩了缩：“我……我真的腿疼。”

“腿疼就在家里休息，不用你去医院看姥姥了。”

“可我正好可以陪她啊。”

“那你就好好上课去，这边有我们呢。”就这样，张小柿的计划落空了。

他只能硬着头皮把萤火虫带到了学校。谁知道正在上数学课，那萤火虫竟然不知道什么时候钻了出来，还飞到了黑板上，就这样，教室里出现了刚刚那一幕。

在检查了自己的书包后，张小柿发现那就是自己的萤火虫。萤火虫可不能丢，他还得带到医院去呢。于是，向来怕事的他只能顶着老师锐利的眼神，跑到讲台上将萤火虫收回了瓶子里。

这期间，数学老师就这么看着张小柿。张小柿蹦啊蹦，终于在讲台上够到了萤火虫，他缩着脖子瞥了一眼老师，又顶着压力回到了自己的座位上。

看着张小柿竟然胆大包天地冲上讲台，又回到座位站在那儿，数学老师的眼睛越瞪越大，大家都十分紧张。

就这么过了难熬的十几秒，“大魔王”终于发话了：“你们给我说说！到底是怎么回事？”

数学老师的语速不快，可严肃的口吻特别吓人。每次有同学不好好完成作业的时候，他的语气都是这么郑重。

底下鸦雀无声。

春信和张小柿都没有说话，倒是后面有个孩子还想蒙混过关：“老师，我……我刚才说梦话呢……”

“哈哈哈……”班里又是一阵哄堂大笑。

这种侥幸的心理当然让“大魔王”更生气了，他似乎马上就要说什么，这时——

“怎么了？”

是校长！校长来巡视了，不好，这下更麻烦了！

春信跟着几个孩子去了校长办公室，走廊那么长，没有一个人敢说话。春信想，不知道他们会不会被老师要求找家长。

春信和其他孩子忐忑地来到了校长办公室。这还是她第一次来到这儿，想不到第一次来竟然是来挨批评。

站在校长办公室里，春信低着头，不敢看对面，他们对面是养正学院的书法牌匾和站在牌匾前的校长奶奶。

说起他们学校的校长奶奶，也是一个传奇人物。她在这所学校当校长已有十年，还连续十年获得全省最佳校长称号，如果不是现在划分了固定学区，不再自主报名，那他们这所小学每年招生，门口排队报名的学生一定是人山人海。

奇怪的是，春信自打来这里上学，除了他们这所学校的学生学习成绩在省里十分靠前，其余就没看出有什么不一样的地方了。要说教学硬件，他们的操场可是全市最破的，连绿化都没有多少，老师也都是年长的老师，没有什么清华北大毕业生，就连被大家传得神乎其神的校长，在春信看来也没有三头六臂。

你一定无法想象他们学校的校长究竟长什么样吧？嘘，说实话，在春信看来，校长奶奶其实长得一点儿也不像一位校长。

什么？你说校长应该长什么样？春信倒是也说不上来。只不过，在春信眼里，这位校长既不器宇轩昂，说话也不会板着脸，甚至都没有像其他博学的人那样戴着眼镜，看起来就是平平无奇的一位老太太。春信记得，自己第一天上学报到，看着门口的校长，她觉得这位校长奶奶看起来和邻居的李奶奶、王奶奶没什么不一样的，和学校周围卖茶点的黄奶奶、舀豆浆的孙奶奶也没什么不同。有时候在学校里遇见她，春信甚至觉得她还很像自己的姥姥……她身上也没穿过什么看起来很贵的衣服，一年四季都穿得普普通通，头上顶着花白的短发，除了在学校会拿着一个笔记本，上面别着一支布满了划痕的钢笔，有时走在街上，大家都认不出她来。甚至有一次，春信和同学在学校附近的面馆吃午饭，校长奶奶迎面走过来，他们都没有注意到。

可就是面对着这么不吓人的校长，春信心里却没来由地心虚。

和春信站成一排的另外几个孩子更加紧张。校长办公室里，空气像是被抽光了，这样肃穆的气氛让春信大气都不敢喘。同时，她也深深地疑惑，为什么大家都有萤火虫？那么，他们的萤火虫是从哪儿来的？

这时，各班级的班主任也开始了一次紧急排查。直到目前，春信班里已经找出了七只萤火虫。

六个萤火虫玻璃瓶和春信的萤火虫核桃小屋，并排放在办公桌上。

时隔两天，萤火虫绿尾终于又和其他萤火虫相遇了，想不到却是通过这样的方式。它感觉到旁边其他小瓶里的萤火虫还都活着，终于长舒了一口气。可随即，它的心又提了起来，这些萤火虫里没有慢慢。

萤火虫绿尾不停扑向核桃小屋的核桃墙壁,“啪嗒”“啪嗒”,从核桃小屋的缝隙里,它努力探寻着外面的情况。它特别想询问其他萤火虫:“喂,你们有没有慢慢的消息?”可是,其他萤火虫都蔫嗒嗒的,一动不动。

这让萤火虫绿尾更加担心,不知道慢慢现在怎么样了……

这几只小虫长得一模一样,一看就是来自一个家族,起码是来自差不多的地方,可是它们到底是怎么来到城里的呢?春信想,难道其他萤火虫也是乘坐那只毛茸茸的流浪狗来到这里的吗?

此时,春信的心里充满了一万个问号,校长奶奶和班主任也是。“这些萤火虫是你们从哪儿得来的?”

春信正好抬头,她发现,校长奶奶正走到一个孩子面前。那孩子低成鸵鸟似的头终于抬了起来,他似乎也是头一次看到校长奶奶这么严肃的神情,紧张地咽了下口水,只见他的嘴张了张,像一条缺氧的鲶鱼似的开开合合了好半天,最后低下头去,才挤出几个字:“买……买来的。”春信听到旁边的孩子低着头说道。

“从哪儿买来的?”

“是……是从一个小店买来的。”另一个孩子也小声地说道。

他们的回答让春信吃了一惊。萤火虫不是野外的动物吗?怎么会是来自某个店里的货品呢?春信无法想象,萤火虫这么美的小虫是怎么被装进瓶子,贴上标价,摆在柜台上的。是的,不应该是这样子的。萤火虫应该是自由自在地飞在某片她不知道的树林,那里的夜晚静谧而高远,自己的这只萤火虫只是贪玩,被某只流浪的小狗偶然带进了城市里,她一直是这样以为的。

校长奶奶也发现了一排孩子里,春信的神情和其他人不太一样。她脸上似乎相比于惧怕,更多的是迷茫。这个孩子她认得,是四年级的大队委员,她记得自己第一次在学校注意到这个孩子,是发现她在课间制止了拿石子扔大树的小孩儿。那天,那个挺身而出的小女孩,是那么正义,挺拔的身姿就像一棵小树苗,她不知怎的,就想起了养正学院的牌匾上书写的教导学生要养正气的箴言。这个孩子会和其他孩子一样去买萤火虫吗?

于是,她走到春信面前,看着她,问道:“那你呢?”

“我……”春信抬头直视了一下校长奶奶的眼睛,她的眼睛没有其他老人的眼珠那般浑浊，在这样一双眼睛面前，没有人能够撒谎。自己到底是做了错事，春信又低下了头。而且，春信其实十分犹豫，现在想来，她遇到萤火虫的过程实在太离奇了，校长奶奶会相信她吗？班主任会相信她吗？她们会不会觉得自己是为了逃避责任而撒谎呢？

可校长奶奶的眼睛是那么温柔，春信觉得那眼神就像面对一个答不出问题时的孩子，那眼神里充满了鼓励和期望。春信不由自主磕磕巴巴地说出了她遇到萤火虫的经过。

“我的是捡到的，它藏在一只毛茸茸的流浪狗的毛里……”

那不可思议的讲述让站在春信旁的孩子都睁大了眼睛。春信说着说着，又抬起头，看了看校长奶奶的眼睛。她只是用食指揉了揉太阳穴，并没有厌恶的神色，春信这才继续说了下去。“真的，我没有撒谎，那只流浪狗还在我家里呢……”

的确，学校有监控覆盖，这个一查便知，没必要撒谎。校长奶奶又转向了其他孩子。“那你们呢？你们说是自己买来的，那是从什么店买来的呢？”

其他几个孩子你看看我，我看看你，将嘴唇都咬出了

牙印。

“到底是从哪儿买来的？”校长奶奶的语气更加严厉了起来。

“从……从‘看不见的商店’买来的。”

看不见的商店？那是什么？

春信不记得，他们学校旁边什么时候冒出来这样一个商店？她每天都上学放学，从没注意到有一个店铺是叫这个名字。这让春信不禁开始怀疑，他们说的是不是一个网络商店？

事实上，不仅春信对这个店名十分茫然，就连住在这附近的班主任也没注意到这附近有这么一个店铺。

于是，校长再三考虑后决定报警。一个小时后，一通电话打了回来，春信才知道，原来真有这样一个地方——“看不见的商店”就是它的名字，其位置就在学校侧院墙一墙之隔的地方，是专门卖小杂货的小店。

只不过这个店铺并没有挂招牌，店铺开了一周时间，也没有举行一个开业仪式，甚至没有大张旗鼓地发传单，店门也是窄窄的一个，不常开门，就这么静悄悄地开了。

听着这些描述真的耳熟，春信恍然大悟，这“看不见的商店”不就在自己去过的那家工艺品店附近吗？春信的眼神不觉瞥向张小柿，昨天撞到自己的人果然是他。原来，那里竟然在卖萤火虫。看来张小柿昨天就是从那儿买的！而一切竟然就离自己这么近。

8

看不见的商店

“看不见的商店”的确是在养正小学附近，只不过，很少的人知道它的存在。因为，它可一点儿也不符合学校周边的开店风格。

要知道，在学校周边，哪个小店不是还没开业就大张旗鼓地宣传，恨不得告诉所有学生它开业了？春信学校附近，也一直是文具店、小杂货店和小吃店生长的沃土。似乎很多学校周边，都能找到那样一条热闹的小街，里面吃喝用品万分齐全。由于学校周边房租高，很多小店被隔得非常小，但由于地理位置得天独厚，只要稍微上点儿心，都能把买卖做得十分火热。

平时课余时间，或者放学，没有了课程的压力，养正小学的很多学生都会顺便在附近吃点儿东西，尤其是中午午休,还会在周围逛一逛。

慢慢的,养正小学旁边就形成了这样一条热闹的小吃街。这些小店一般取的名字都很古灵精怪,听起来符合学生的胃口。平时,春信也喜欢和同学三五成群地去随便看看,哪怕并不买什么东西。

春信最喜欢的一家店叫漫言漫语,那也是他们班级同学的最爱,里面全是动漫爱好者喜欢的手办和漫画,满足了无数动漫迷的需求。还有一家叫满分食堂的店,春信也会时常光顾,尤其是每次考试前的时候,毕竟大家都想得满分,想着去了就有个好兆头。这家店的老板也十分懂得生意经,一到考试前,就会推出满分早餐套餐,包含两个鸡蛋、一根油条和一杯豆浆。

哦,对了,这里还有一家直接叫工艺品的店,名字简单, 但里面的东西很实用。春信的青苔微观瓶子就是在那里买的。

总之,这些杂七杂八的小店,用各自的优势将学生们课余的时间填得满满当当。大家和它们的联系也千丝万缕。每当这些店铺有了什么新货,都要在门口的小宣传板上写出来。但最近,不知怎的,一家新开的小店却一反常态。

这家店不仅店名很奇怪，叫“看不见的商店”，还没有在门外悬挂招牌。如果不是走进去仔细看它的营业执照，还不知道有一个店竟然叫这个名字。平时，店里也看不到什么人，走在门外也看不出是卖什么的。由于店里的面积十分狭小，甚至当你路过不仔细看，基本发现不了它的存在，以至于春信都没注意过。

这家店开业也没有一点儿动静，打开大门，就算开了张，好像对大家来不来光顾它都不介意，就连最开始它的客人都是走错门的几个学生。

那天，几个孩子本来打算到隔壁杂志铺去偷偷买杂志，却错拉开了这家店的门。“咦，这是什么店？怎么之前从没注意过？”

“先进去，先进去，雨点砸到我脑袋上了！”

就这样，几个孩子进来后，才发现这里开了一家新店。不过，它到底是做什么生意呢？小吃店？文具店？还是卖杂志呢？都不是。店铺的柜台上空荡荡的，只有几个被包裹得严严实实的包裹。难道还没装修好？嘿，其实这家店就是这样，它专门做的是接单生意的。

据老板说，他最开始打算做代买，卖的都是这条街上没有的东西。“你要什么，付一些定金，我就会给你预定。你只要能说出你的要求来……”比如，某期一直想要但卖完了怎么也买不到的杂志，某个曾经坏掉的玩具，带来给老板看，他会帮着找一个一模一样的。

因此，别看这家新开的店总是看起来货架空空，其实生意好着呢。而预定嘛，从价格上来说要比其他店贵一些。但对于零花钱宽松的学生来说，咬咬牙也是够的。

正是这样奇怪的经营模式，一下戳中了孩子们的猎奇心。几个孩子对视了一眼，觉得这里不同于其他普通的店铺，很有自己的独到之处。怎么说呢？这里看起来就像是个秘密基地，有趣极了。

这种新奇的事物在校园周边有着不可小觑的传播力，短短不到三天时间，一传十，十传百，店铺老板的账本上已经接了四五十个订单了——什么厦门特产的网红牛轧糖，国外进口的手账本，英文原版的童话书，原始森林里的植物种子标本，福尔摩斯同款的帽子，羊驼屁股上的毛做成的钥匙链，明星的签名照，只能用特殊的灯照上去才能看出写了什么的神秘的钢笔水……店老板每天都会对着订单感叹：“哎哟，现在的孩子真是能折腾。哪儿来的这么多古古怪怪的东西啊？”

最近正值盛夏，天气热起来了，老板的破旧笔记本上，货物的花样也在更新着。自从意识到学生的潜在购买力有多强，老板的胃口也变得越来越大。他每天看着账本，总觉得这样还不够。可还能卖点儿什么呢？

有一天中午，一个学生推开了店门，他询问店铺是否能提供宠物寄存业务。

原来，这个周末男孩打算和爸妈到亲子夏令营玩几天，可他养的独角仙带过去太不方便了。那独角仙是他偷偷养的，爸妈不让他养甲虫，他平时就悄悄养在书柜里。

“独角仙是什么东西？宠物吗？”

“算是吧，是一种甲虫。它真的很小，在一个长方形的养殖盒里，也就饭盒那么大。”柜台外的孩子还在担心，老板会不会不让他寄存啊，说着他又特意强调道，“我这只可是全校唯一的一只，可稀奇了。”

“这就稀奇了？”店老板心想，现在的小屁孩真是没见识，“你都没去过乡下，萤火虫、蛐蛐遍地都是，一到夏天热闹着呢。还独角仙？起了个洋名不也是甲虫？”老板是从乡村出来的，不理解现在的孩子为啥喜欢养这个。他还记得自己小时候，一到夏天，村子里各种甲虫哪儿哪儿都是，看都看腻了。还有赶也赶不完的蚊子，烦都烦死了。但嫌弃归嫌弃，面上却不显，他心里盘算着，多要一些寄存费，也不是不可以。于是，虽然店老板嘴上吞吞吐吐，其实心里已经转了八百个弯，并且说着说着，他脑子一转，说道："嘿嘿，如果你还想要啥小虫，有钱就都能买到。你预定，我就能给你整来两只……"

真是奇怪，这老板不说话的时候，样子还挺正常，可不知怎的，他一说话，那种充满算计的神色，就会让他的五官都变了样。歪歪的鼻梁下，是一张四周长了一圈胡子的大嘴，黑洞洞的，像是一口可怕的井。他也知道自己长得吓人，他以前其实做过很多生意，比如卖袜子、贴手机膜，但服务行业嘛，都讲究一个眼缘，由于长得不讨喜，大家都不乐意到他这里买东西。眼看着不挣钱，他就动了歪心思，卖一些假货，却被人追出好几条街，最后不小心掉进河里，把腿摔成了骨折。

养好伤后，他又决定做点儿别的事情。都说学校周围的店很赚钱，他就悄悄打定了主意，开始四处考察。一天，他来到这所学校附近转了转，却发现这周围什么都不缺，要吃的有吃的，要玩的有玩的。是啊，什么都有，那什么是缺少的呢？想到这里，他眼睛一转：“嘿，那我就卖你们都没有的。”他心里有了点儿想法，就一咬牙拿出了多年的存款盘下了这个比狗窝大不了多少的小档口。

自从来这里做买卖以后，他学精了，知道自己的样子不好看，就总是戴着帽子、摇着蒲扇、闭着嘴。无论这些学生说什么，他总是低眉顺眼“嗯嗯嗯”地回答，时间长了倒真有些摆脱了点儿从前粗鲁的样子。因为生意好，赚到的钱让他时常眉开眼笑，看起来倒也人模人样的。只是今天在心里打坏主意的时候，他脸上的神色还是有些藏不住。

可十岁左右的孩子哪儿懂什么判断？只听这老板说，就是萤火虫也能买来，孩子心中自然充满了好奇：“萤火虫是什么样的？”

于是，一个在暗处生长的业务就这样在这个“看不见的商店”里悄然开启……

一只、两只……也不知道这老板是从哪里弄来的那些会发光的小虫，当然，他也不在乎这些小虫是从哪里来的，也不关心这些可怜的小东西离开了熟悉的家园还能活多久。他现在一门心思只知道，这些无关紧要的小家伙能给他带来多少笔收入。短短两天，这种黑心的业务就这样在学校周围私下流传开。

事实上，这种提灯的小虫已经是大自然里十分谨小慎微的家伙们了。它们为了能生存下去，平时真的是小心又小心，只居住在潮湿的草丛中、腐草中。当它们还是幼虫的时候，还会利用光警告捕食者，它们是不好吃的，或者还会分泌一些味道极差的防御性气味，以保护自己。但它们不知道，自己那发光的美，天然吸引着人类。哪怕现在它们已经不在城市中生活，还是被人千里迢迢地抓进了瓶子。

这商铺的老板就是看中了学生的好奇心理，住在城市里的孩子是没见过萤火虫的。发现这生意果然挺赚钱，他简直乐开了花："哈哈，那以后还可以抓点儿蝴蝶，抓点儿蜻蜓……反正都稀罕，又没什么成本，真是一本万利啊！"

至于那些动物将会受到什么伤害，那些昆虫身上有哪些细菌，它们离开家园害不害怕，还能存活多久，他才不在乎呢。"哼，钢镚上还有细菌呢，什么上面没有细菌？数钱的时候还嫌弃上面的细菌吗？"

灯光将他的半边脸照亮，另外半边脸躲在黑暗里，也被染成了黑的。这张阴阳脸在夜里看着是那么吓人，估计就算这时小偷来偷盗，也要被吓得逃跑。

这一天，老板又进了六十多只萤火虫。这些在他看来丑丑的虫子，都被他分装进一个个小玻璃瓶里方便出售，然后放在一个柜子里。他动作小心翼翼，但可悲的是，他的小心并不是来自对生命的尊重，而是觉得这些小虫都是实打实凿的钱。

直到今天，几个穿着制服的人来到门前，说要例行检查他的店，他慌了。他的眼睛就是不敢抬头看，看起来理直气壮，可心里虚着呢，眼神四处飘。

执法人员当着他的面打开了柜台下的柜子，发现里面都是小小的瓶子，里面装的都是萤火虫。除了这些，还有刚给学校里的学生预定的外地网红小吃，还有一些杂七杂八的东西。老板冒出了冷汗。

“哪儿来的？”

“嗯……那个……”

“快说！”

“从乡下的虫头那儿收来的，一只是五毛钱、七八毛钱或者一块钱，然后再卖出去……”

“你卖多少钱一只？”

“二十五块钱一只，一个瓶子一只。”

“这里有多少只？”

“三十只。”

“之前卖出去多少了？”

“嗯……”

“多少？”

“也就几只，不多不多。”

“到底多少？你好好想想。”

“我想不起来了，但真的没卖出去几只，这不，你们就来了。”

执法人员看着眼前这个撒谎不眨眼的老板，面上不动声色。他们明明从旁边的学校就至少找到十二只萤火虫，这人却依然不肯说实话，真是冥顽不灵。对于这种拒不交代的顽固分子，他们当然也有自己的办法。只见一个执法人员神色冷峻地说道：“想不起来那就跟我们走一趟吧。”

店老板看着那些人拿出封条，这下才慌了。他大发脾气。事实上，人发脾气有时候并不全都是因为被冤枉，而是因为被说中了心思。“为什么查封我？不让卖，我都放了不

就行了？”

他死皮赖脸地开始纠缠，忽然，他好像想到了什么。不对啊，怎么突然就有人来查了呢？肯定是谁举报了自己的店。他想到这儿，立马要挣脱执法人员的手往外冲。他一把推开大门，出门就是校门口，他一下子冲到那儿，狰狞着一张脸，大声怒吼，手里没有东西，就脱下拖鞋砸在校门上：“是谁？谁举报我的？”

校门口的保安第一时间冲了出来，防备有人冲进学校。很多周围的商户听到外面的动静都出来围观，大家看着那个男人站在校门口破口大骂，像是一头丑陋的、要吃人的熊，在那里张牙舞爪。

他在骂谁呢？他自己做了错事，最应该骂的人是他自己才对。

此时，教室里，每个窗前都围了许多孩子。大家也都听到了校门口的动静。这两天，萤火虫的事闹得学校里人尽皆知，学生们都不由得忘了自己身在课堂，纷纷趴在窗口往外看。

“那个人是不是疯了？”

“他用鞋砸了咱们的校门。”

“老师,那个人要冲进来了……”

一时间,每个课堂里都七嘴八舌。但没一会儿,他们忽然安静了下来,因为,此时,一个身影走出了教学楼,向着校门口走去。那熟悉的背影和记忆中的某个身影发生了重合,她头顶的银发……那是谁?

“校长?”春信听到班里的同学大声呼喊,这才没有被遥远的记忆拉到不知名的地方去。

是校长!

“校长到大门口去了!”

春信和其他学生看着校长站到了那人对面,她站得笔直,丝毫没有惧怕的样子。盛夏季节,教室的窗户敞开着,那人的嘶吼和谩骂的声音尽数钻进了他们的耳朵,而那些谩骂现在是直冲着校长去的。

春信的心里现在已经被后悔填满,其他几个孩子更是,他们无比后悔,自己为什么要买萤火虫呢?

他们站在窗前,虽然离得不近,但依然能看清,平时看起来和善的老板已经换上了一张狰狞的脸,正在谩骂校长。同学们这才发现,原来他一点儿也不和蔼善良,在他们面前的就像一头嘶吼着的野兽。他只想赚钱，根本不管那些萤火虫的死活。而购买那些萤火虫的他们呢？又该如何评价他们的所作所为呢？

校门外发生的一切映在春信心里，这一刻，她多想跑下楼去挡在校长奶奶身前。可是她刚跑到教室门口，就被老师拦回去了。

“老师，我们要去帮校长奶奶，你为什么拦住我们？”

“你们出去打算怎么处理？如果你们想去解决问题，就要先知道怎么解决问题，以及解决问题的过程中，自己如何规避这些风险。你们还是未成年人，老师希望通过这件事情，你们能懂得什么叫‘有所为’和‘有所不为’，今后才不会再发生这样的事情。现在，所有人都不要离开教室，都回到自己的座位上去！”老师说道。

春信只能乖乖地回到窗前。她觉得自己的胳膊不够有力，自己的个头不够高大，自己的心还不够冷静，自己太渺小了。

学生们沉默地站着，可教室里，那种透不过气来的感觉依然没有好一点儿。春信更是很想哭。

事情发生得非常快。很快，那个人被带走了。

而春信和全校的学生做了一件相同的事情，他们跑出教室，飞快地来到操场上，来到校长身旁。全校三百多个孩子，大家沉默地站在操场上，不知道该怎么办，像是大雨里茫然不动的小羊。

校门口又恢复了平静，可事情并没有结束。那些萤火虫怎么办呢？

9

伤心萤火虫

这绝对是养正小学建校以来的“头等特殊事件”。校长知道，如果不能好好处理，不仅会对学校产生巨大的影响，对孩子们的世界观和未来也会产生巨大的影响。

这就像是一条路的两条岔路，如果走好了，会渡过难关，让孩子们真正地成长起来；如果走错了，没有及时引导、及时纠正错误，则会在孩子们心里埋下一枚坏种子。

事情有时候就是这样，生活的不经意处都充满了选择和考验。而大多数时候，人们真的能够明白事情的本质，做出正确的判断吗？

春信此时也是迷迷糊糊的。究竟应该怎么办呢？事情似乎越来越可怕了。

她忍不住抬头看了看天空，明明它还是蔚蓝的、晴朗的，为什么感觉它要下雨了呢？是天空也在为这些被关起来的萤火虫伤心吗？

春信不知道其他孩子是怎么想的，反正，当她知道萤火虫竟然被当成商品来卖的时候，她心里是十分不舒服的。

上一次有这样的感觉是什么时候？春信终于想起自己忘记了什么。那是多年前的一个下午，说起来那天也是晴天，万里无云啊。她记得，自己当时隐隐约约听到救护车开过大马路，她的意识仿佛跟着那声音去了一个她怎么也到不了的地方……

校园外，联合行动还在继续。为了肃清校园周边环境，这次的检查非常严格，几乎所有校园周边的不规范经营状况都受到了查处，一时间校园外喧闹异常。

学校里，也依然在进行动员活动。老师们顾不上回教室了，站在操场上就开始给各个班级的同学开会，让学生们上交出自己手里藏着的萤火虫。发生了这么大的事，一时间谁也没有办法安静下来。

这时，春信忽然听到旁边传来一阵哭闹声。是谁？

春信顺着声音看去，竟然是自己的同桌张小柿。他怎

么了?周围也瞬间安静了下来。春信仔细听,那张小柿攥着自己手里的萤火虫小瓶,带着哭腔和老师说:“我不!你不能把萤火虫拿走!”

“张小柿……”

“我不!现在不行,明天可以吗?”

“可萤火虫也不是你的,它的生命是它自己的才对!”

“你闪开,不关你的事!”

操场上,一时间回荡的都是张小柿的哭声,他就是不肯交出来。春信不知道自己这同桌到底要干什么。旁边的同学说得对啊,如果真是买来的萤火虫,不能因为买了就真成了他的东西吧?萤火虫的生命只属于它们自己。

“安静,安静!”老师们赶忙在操场上维持秩序,好半天大家才安静下来。而这时,沉默了许久的校长忽然说话了。她问了所有人一个问题:“你们知道萤火虫的生命有多长吗?”

萤火虫的生命有多长?大家都愣住了。

孩子们你看看我,我看看你,没有一个人能回答出来。张小柿也停止了哭泣。

看到操场上这回鸦雀无声了,校长才叹了口气,说道:

“你们知道其实萤火虫的生命只有几天到十几天吗？而在最宝贵的短暂生命里，它们本应该在田野中、在郊外，可现在，它们被困在了瓶子里。它们为什么会出现在这里？因为有人买卖它，它成了商品。我想几乎所有同学都听过‘没有买卖就没有伤害’这句话，可是你们是怎么做的呢？现在有没有人敢告诉我，你们当初买萤火虫是为了什么呢？”

校长的讲话，让沉默在校园里蔓延。

没有人能回答校长的问题。他们买萤火虫大多都是为了好玩，图一个新鲜，而这其实是自私的表现。大家都下意识地不敢回答这个问题。

好半天，才有一个孩子小声说：“校长奶奶，我们错了，我们这就把它们放了……”

“放了？”校长奶奶又长叹了一口气，“那你说说，你打算放到哪里？你们知道萤火虫适合生活在什么样的环境里吗？”

又是一阵沉默。尤其是买了萤火虫的孩子，他们其实连最基本的关于萤火虫的知识都不知道。

看着没有一个孩子回答，校长奶奶接着说道：“好，我来替你们回答。萤火虫一般喜欢栖息在潮湿温暖、草木繁盛的地方。它们夏季在河边、池边或农田出现，活动范围一般不会离开干净水源。导致萤火虫数量下降的因素就包括光污染和栖息地的破坏，如果萤火虫生活的一个区域被破坏了，它们不会迁移到另一个区域，它们只会永远地消失。而今天你们的做法……哎，孩子们，校长问你们，你们知道我们为什么要上学，为什么要不断学习知识吗？因为我们要好好了解这个世界，因为它很大很大，很多时候，事情也并不是简单地像我们所以为的那样。我们只有了解它，才不会变成一个鲁莽、粗鲁、不顾及其他生命的人……"

这样的话，春信的语文老师好像也对他们说过。春信隐约记得，那好像是一次作文课，作文的题目是一个几乎全世界的小学生都写过的题目——《我的梦想》，就是说一说自己长大想成为什么样的人。

那时候，班里有的同学说想成为一名老师，有的说想当医生，有的说想当航天员，有的说要当大老板。春信不知道自己长大后想做什么，就写的是想成为想做什么都能做好的人。而她的同桌张小柿呢，这个总和她唱反调的家伙看到了春信的作文，竟然说他想成为一个什么都不做也能活得很好的人。真是气人！

不过这也不算什么了，唯一让春信清楚记得的是，那天老师把作文批改完，忽然问了大家一个问题："那你们知道怎么才能成为自己想成为的人吗？"

当时，班上有的同学说要考大学，有的说要掌握很多很多知识，大家说得轻松，可大家都是一个模模糊糊的答案，春信也不太能说清楚那个问题。

直到今天，校长问的这些，春信才意识到，不光是以后做什么职业有很多选择，想成为一个什么样的人也有很多选择。

校长奶奶的话，换句话说就是，在校园里就这么放掉这些萤火虫，它们根本没办法存活下来。

大家听了校长奶奶的话，一时都不知道怎么办才好。就在大家沉默的时候，一个声音又打破了操场上的平静："老师，我的萤火虫好像不行了……"

"不好，这几只萤火虫好像也晕倒了！"

这样的话好似一声惊雷，学校里一时间又议论了起来。

怎么办？怎么办？

孩子们的阵脚都有点儿乱了。

萤火虫真的死掉了吗？春信的瞳孔微微缩了一下，这眼熟的一幕让她似乎想起了什么，随即她也没办法再冷静了。春信不想让自己遇到的萤火虫绿尾死掉，她错了，她想让所有萤火虫回家。

可是，这些天以来，萤火虫们从乡下被折腾到城市，早就身心疲惫，它们可能都没睡过一个好觉。连自然老师也摇了摇头："其他的看着倒是还没问题，而这只萤火虫的确已经……"

萤火虫死了。

春信的心凉凉的。

明明是下午阳光最热的时候，春信却觉得有点儿凉。是快下雨了吗？天气预报并没有报道有雨。那为什么她隐约听到了下雨声？哦，原来是哭泣声。

张小柿终于松开了自己的手。

他哭着把萤火虫交到了老师手里。

春信觉得自己的眼眶也潮乎乎的。在生命和时间面前，春信觉得自己总是拿时间一点儿办法也没有。很早以前，春信就应该发现这一点了，时间总会带来许多遗憾，时间会带来复杂的感觉，它还总是一去不复返。

可遗憾的是，很多时候人们总是在时光流逝之后才想起珍惜。

那么,春信现在还能做点儿什么呢?

春信多希望那只小虫能回到自己熟悉的家乡啊,希望其他还活着的萤火虫能在夜空下自在地闪耀,再也没有束缚它们的瓶子,再也没有难过和伤痛。

哦,对了,那时候姥姥是怎么说的?“但事在人为,人应该为美好的事情去努力,应该把这个世界打造得更好。只是,在人生的道路上,绝不要用玩笑的态度来对待其他活生生的生命!”

这愿望是那么强烈,春信的思绪在翻涌,就像一座火山,就要喷薄而出。但不等春信重新连接上那段回忆,校长奶奶忽然说:“跟我来。”说着,她带着大家向教学楼旁边走去。

校长奶奶在前面走着,三百多个学生浩浩荡荡地跟在她身后。

在这个迷你的校园里,春信对每一处都熟悉极了。校门向南开,三层的教学楼坐北朝南,他们学校没有学生住校,所以没有宿舍,因为都是小学部,老师们的办公室和教室都在一栋楼里。一楼的南面是大餐厅和会堂,由于不开

火，吃教育局统一分配的营养餐，所以并没有弥漫着油烟的味道。校园的操场也不算大，正中央是旗杆，南面是操场、跑道，上课间操的时候用，也就是春信他们现在开会的地方。现在，他们要去大树下了，在教学楼旁边，也是春信最喜欢的一个角落。

那里充满了无数学习之外的悠闲时光的美好记忆。在周围绿化简陋的老区，那一棵撑起巨大阴凉的树是多么难得啊，它的存在也让身后的教学楼和旁边的居民区都得益不少。要知道，在东北有大半年是被冰雪和寒冷覆盖的，绿色更是尤为难得。因此春信每每看到那棵树，都觉得它在的地方就像是一幅画。但今天在校长奶奶的带领下走到这里，大家是茫然的。校长奶奶带他们来这里做什么？

“记住，这些萤火虫是因为什么而离开。现在，也请你们亲手安葬这些无法回家的萤火虫……”

几个买萤火虫的孩子捧着那几只萤火虫站在茂盛的树下。这里有树，就有风，有风，夏天就是活的，不是死气沉沉的蒸笼。小瓶里，几只萤火虫的躯体已经像标本一样毫无生气，那些发光的暖和美好的记忆都停在了之前它们还活着的那一刻。“生命本身就是一场考验，愿今后每一次春天都是你们的新生。”春信在心里说。

从今天起，树就不再是单单的树了，它还是一个萤火虫的纪念地。

下午，灼热的阳光照在校长奶奶的头发上，阳光在她的头发上打滑梯，将发丝染成了金色的。春信和其他孩子们在阳光最明媚的时刻，埋葬了那些看不见的伤痛。

这天，操场上召开了自打建校以来最不像全体师生大会的一次师生大会。

大家都没有排成上课间操的整齐队形，就这么东一个西一个地在操场上站着，但这次没有一个人溜号，所有人都在认真听校长的讲话。校长说：“同学们，我想大家已经都知道眼下发生的这件事情了，我想知道你们现在是什么感受呢？”

校长长叹了一口气又说道：“我想你们都应该知道自己做错了。通过今天这件事情，我希望我们都能反思，哪些事情是可以做的，哪些事情是绝对不能做的。你们都不笨，所以我想你们心里其实一定知道，哪些东西是不应该带到学校来，哪些东西是不应该乱买的。我给大家一点儿时间，想一个问题——你们觉得自己为什么会把有的东西藏起来？你们会把课本藏起来吗？课间阅读的课外文学作品会藏起来吗？你们不会，因为老师不会收。家长给带的水果你们会藏起来吗？不会，那也是可以大大方方地吃的，学校只是不允许带零食，但水果一直可以。我知道大家上课都很累，学习也是体力劳动，动脑就是累的，你们补充营养我理解，这都是正常的。那什么东西会被你们藏起来？”

底下鸦雀无声。因为大家知道答案。

“只有和学习无关的，会对你们不好的，家长、学校觉得会危害你们的，才不允许出现。所以，你们其实应该一直都知道那些不应该带的东西是什么，但即便如此，还是有一些孩子带了进来，这些东西你们会藏起来。而当你们把那些东西藏起来的那一刻，说明你们自己就知道，带这些东西本身就是不对的。而萤火虫更不应该成为商品，它们是生命……在这所学校里，作为校长，我也一直希望大家除了学习，也能成为一个品格优秀的人，希望你们能一点点明白，等你们长大后想用自己学习到的知识做什么。也许你们会说像大人一样找一个好工作，赚钱，买房子，可孩子们，我希望你们拥有更大的世界。而拥有更大的世界的前提，是你们要认识这个世界，了解这个世界，要学会分辨，要有良好的分辨是非的能力，这样才能更好地生活下去。或许这个问题对现在的你们来说，有一点儿沉重，有一点儿大，但我想，现在我们每个人都应该清楚什么是能做的，什么是不能做的了。让我们把‘养正’二字牢记在心吧。为了成为更好的人。我们共同引以为戒……”

这场肃穆的葬礼结束了。学生们被老师们带回了教室。春信留在原地没有动。

这时，一个声音说道：“云校长？”

校长回头，发现是处理这次事件的执法人员。“是这样，我们这边一共收缴了三十五只萤火虫，加上您这边在学校找到的，我们想了想，还是决定放归到虫头说的郊区去。虽然我们也知道，被抓住又放归的萤火虫其实也活不了多久了，但总归要让它们回到自己的家园去。”

“好，我这就跟你们一起去郊区。”

“校长带我去吧。”这时，一直在旁边没有吭声的春信忽然主动说。她不知道，自己怎么忽然鼓起了勇气，反正脑袋一热，就把心里的想法大声说了出来。“校长，求求你了，我想看萤火虫好好回家。”

校长看了春信一会儿，就在春信以为没希望了的时

候，校长点了点头。

春信跟着校长上了车子，他们要去往郊外。校长将装萤火虫的箱子交到春信怀里，说：“那这一回你照顾好它们。”

“校长，我也想去。”

“我也想……”

“大家先回教室，如果大家真的想为萤火虫做点儿什么，等我回来再说。”

春信抱着装萤火虫的箱子上了车。忽然，张小柿挣脱了人群，跑了过来。“春信，春信，我求你帮我一个忙，帮我拍一张萤火虫回家的照片吧……”张小柿哭着喊道。

春信趴在车窗边看着张小柿，看着这个哭得鼻涕眼泪满脸都是的男孩，又看了看校长，还是点了点头。

车子出发了。“对不起……”春信听到张小柿哭着大声说道。

不过，只有他自己知道，这一声“对不起”不仅是对萤火虫说的，他现在已经无比后悔自己当初买了萤火虫，而同时，这声“对不起”也要说给另一个人听。“对不起，对不起，对不起……”他本来打算将萤火虫带给她看，可他做错了，如果那人知道自己做的事情，一定会生气的……对不起，他错了。

在养正小学门前，在车上，萤火虫绿尾终于和萤火虫慢慢团聚了。

只不过，它俩一个在瓶子里，一个在核桃小屋里。

萤火虫绿尾听萤火虫慢慢讲述了自己这几天的经历。原来，慢慢因为一直懒懒地窝在瓶子里，买萤火虫的人都认为这只萤火虫不精神，始终没有人买走它，直到刚刚，它才被那些人救出来。

绿尾问了慢慢这几天的经历。慢慢讲得很慢，可绿尾第一次没有催促它。

“绿尾，你走以后又遇到了什么？”

“我这几天啊，感觉像过了一辈子那么长呢……”

萤火虫绿尾又问了其他萤火虫的经历：“你们怎么样了？”

“很难受，很难受。”只有一只萤火虫这样用闪烁的光回答着，其他萤火虫都没有反应，不知道它们是睡着了，还是不舒服……萤火虫绿尾能看出，这些萤火虫的经历都挺惨。自从那天它们分开后，萤火虫绿尾逃了出去，其他萤火虫等了一段时间，陆续被卖给了不同的孩子。它们的遭遇也各种各样，有的还受了伤，有的永远不见了……好在，现在，它们终于又聚到了一起。

萤火虫的一生啊，原来也并不是事事如意，永远那么光明美丽。

现在它们只有一个念头："我们会活下去吗？"

我们会活下去吗？

10

请不要熄灭你的心

萤火虫绿尾闪了一下，就再也没有力气了。它的同伴们也是，它们一起被装到了一个大纸箱里。

在绿尾睡着前，它隐隐约约听到那个女孩说了一句什么，但它依然听不懂。

车子慢慢驶出校园。春信坐在车子的后排，她怀里抱着一个纸箱，纸箱里面是所有奄奄一息的萤火虫。

它们明明那么轻，抱起来却又那么沉重，压得春信的腿都发麻了。春信将视线看向车子外，想要转移一下自己的注意力，缓解一下沉甸甸的低落情绪。车里有校长有老师，春信还是很不自在。道路两旁的街景在飞快后退，很多建筑物反射着亮光，那是城市里的光污染，尤其夏日阳光灼目，看久了还挺难受。没一会儿，春信又将头转了回来，

看着车里前方靠背上的格纹，这一回，她终于有时间回想起那一件遥远的事……

说起来，春信已经多久没有看到这么绿意盎然的夏天了啊？

上一次，还是她没有进入养正小学的时候，姥姥也还活着。

那时候，春信还没有上小学，有大把的空闲时间。因此，每年夏天，她都会和爸爸妈妈去姥姥所在的老家。

那是一个偏远的地方，那里没有楼房，居民们住的都是低矮的平房，每户人家前后都会有一个大大的院子，镇上的河流或池塘里的水也没有干涸，一到雨季的时候，里面的水草总是特别丰茂。

那一年春信刚刚记事，对于周围的一切都感到新奇无比。屋子里的火炕啊，大院子里种的果树蔬菜啊，屋顶上用盖帘晾晒的茄子干啊，甚至是跑来跑去的大狗小狗，在小镇中摇摆着屁股去池塘洗澡的麻鸭，她都觉得万分新鲜……在那里，植物的颜色也是鲜活的，不像城市里的静物那么呆板，不夸张地说，那里的颜色是会打滚儿会流动的。绿色有上百种绿，红色有上百种红，亮面的、蜡制的，平滑的、褶皱的，浓的、淡的，深的、浅的，暖的、冷的，渐变的、协调的，每一种都有独特的纹理和质感，独一无二。

那儿的风也和城市里的不一样，由于没有那么多楼房的遮挡，风也更加自由。春信也是从那以后才知道，原来夏天的风是世界上最好的风。她想，等她上了小学，如果语文课上老师问大家“你们最喜欢一年四季中的哪个季节”，她一定要斩钉截铁地和老师说：“夏天！我最喜欢夏天！”她一定会这样毫不犹豫地回答的。因为，她已经亲眼见到了夏天的美。而且她已经亲眼看到过，闻到过，听到过，摸到过。

那年的夏天像是一枚小小的种子，深深栽种在了春信的心里。从那以后，春信的作文里自然而然地出现过许许多多个夏天，夏天的风景，夏天的故事。如果你问春信为什么对夏天这么喜爱、这么印象深刻，第一个原因一定是因为她生活在一个冬季太过寒冷、肃杀的地区，对于温暖、清风、茂盛的树木这些充满阳光特质的东西，骨子里始终有着难掩的喜爱。现在一看到这么好看的地方，她自然一下子雀跃了起来。

老家的一切也都是活泼的，摇摇晃晃的，郁郁葱葱的。她会四处疯跑，到树上摘樱桃，听夏天风吹过树叶的沙沙

声响，这些美好的事情都是夏天的风会带来的。夏天很大，可以放下很多很多东西，很多春信以前没见过的新奇东西。因此，当第一天来到小镇的下午，爸妈和姥姥出门去隔壁亲戚家做客时，春信自己留在姥姥家，一只蜻蜓落在了窗台上，她感到十分惊讶。

而这，也是春信一直对那个夏天无法忘怀的第二个原因。

春信清楚记得，在看到那只蜻蜓的那一刻，一种奇思妙想钻进了她的脑袋。她觉得，她的窗台好像变成了一个蜻蜓的飞机降落场，是专门给蜻蜓降落的地方。这只蜻蜓从哪儿来的？那时候春信还没上学，自然也就没有学过生物课和关于蜻蜓的复杂知识，她不知道蜻蜓是否迁徙，是不是像候鸟一样是从南方飞回来的。她只猜测，这蜻蜓可能是喜欢这个种满蔬菜和花果树木的院子，才来到了这里。

这蜻蜓还很胆大，一点儿也不怕人，就这么一直落在窗台上，和春信也就相距不到一米。春信慢慢移动着自己，凑近了看它，它也没飞走。这只蜻蜓真是一件漂亮的艺术品，也只有大自然才能将它创造得那么完美，它起飞和降落的姿势都那么优雅。春信当时还没上小学，还不会用什么华丽的词语去形容它的动作，吭哧了好半天，才从肚子里搜刮出一个形容它的句子——它像是舞蹈教室里那些穿着漂亮裙子跳舞的女孩。

在姥姥家这几天，春信其实在院子里也看到过其他蜻蜓路过，有红蜻蜓，也有灰蓝色的蜻蜓，但这只和以往的都不一样，它是花翅膀的——它的翅膀透明且上面带有黑色斑点花纹。相比于其他蜻蜓，它的颜色或许一点儿也不艳丽，反而都是黑白，有点儿像不是那种刻意打扮自己的样子，反而透露着无限自然和美好，十分雅致。如果春信的知识再丰富一些，或者去图书馆查阅一些资料，就能知道它的名字其实叫作“低斑蜻”，这是一种十分敏感的生物，在环境遭到破坏以后会迅速消失。后来，城市里根本见不到这种蜻蜓了。

那么漂亮的翅膀，像是裙子的花边，春信看了一会儿，终于忍不住用手轻轻捏住了它的翅膀。往后的日子，春信无数次回想起那天，心中都充满了后悔，为什么当时自己并不知道，那看似不经意的动作，会给蜻蜓带来怎样的灾难呢？

当年，无知的她只知道这只蜻蜓真漂亮，想要摸摸它的翅膀，想要和它多玩儿一会儿。“你饿不饿啊？想不想吃东西？”她像是玩过家家似的，到院子里随手摘下一片菜叶，然后，试着用手指捏着凑近了蜻蜓的嘴巴，可是它并不吃。远处，有卖雪糕的小贩开车而过的声音，爸妈和姥姥出门前其实在桌子上的茶缸子下压了零花钱，告诉春信“热了就自己买雪糕吃”，可蜻蜓一来，春信都把买雪糕的事情彻底忘在了脑后。

春信从没有这么近距离地观察过一只蜻蜓，她完全沉迷于这一场自然观察课里，这是一种新鲜有趣的体验。春信还趿拉着拖鞋，跑到屋里找出了放大镜，观察起蜻蜓来。

在此期间，春信的手指始终捏着蜻蜓的翅膀。蜻蜓似乎想挣扎，但蜻蜓的力量能有多大呢？春信想了想，还是决定多留它一会儿。“就多玩一会儿，也没什么……”放大镜一点点在蜻蜓身上扫过，直到几分钟后，春信才将蜻蜓放回窗台。蜻蜓扑腾了几下，却没有飞走。奇怪，蜻蜓为什么不飞呢？

是啊，它怎么都不飞走呢？是太累了吗？还是太热了？春信觉得自己或许应该给蜻蜓喂点儿水。

在她姥姥的这个大大的院子里，放着一个不到一米高的中等大小的胖肚子水缸，是专门用来夏天晒水的。夏天的阳光很暖，晒好的水可以用来洗手。春信常常悄悄把胳膊伸进水缸里，来回搅动水面，让水面形成漩涡，假装自己是一个太极大师，她看电视里就是那么做的。那只蜻蜓大概是来喝水的吧？春信猜想。

于是，春信又捏着蜻蜓的翅膀来到水缸前，将蜻蜓凑近水面。

蜻蜓张了张嘴，又闭上了。这回，春信只能将蜻蜓放在旁边的一个板凳上。看着不飞的蜻蜓，她这才有点儿担心。

春信趴在蜻蜓前继续仔细观察。她这才发现，夏天手很爱出汗，它透明翅膀上的黄斑也许并不是原来就有的，是她汗津津的手捏伤了它的翅膀。

那薄如蝉翼的翅膀的确无比脆弱，小孩子又任性没有轻重，当春信意识到这一点的时候，她害怕极了。她知道自己闯祸了。

飞不走的蜻蜓怎么办？它的翅膀还能恢复吗？春信正不知所措，院子门口忽然传来开门声。“春信，看看姥姥给你带回来了什么？”春信听到姥姥还没进门，声音就传进了院子。姥姥是个爽朗的老太太，做什么都很麻利。

以前姥姥也总是还没进院门，就扯着大嗓门呼喊院子里的姥爷。她的声音似乎有一种魔力，让你听到就不由自主地大声回答她。

可春信刚想说自己在院子里呢，却犹豫了起来。她该怎么解释这一只蜻蜓呢？

“一会儿做糖醋鱼，还有蓝莓，隔壁你王姥姥家种的。”木栅栏那边，爸爸也跟着说道。他们穿过院子里的葡萄架，围墙上挂满了牵牛花，所以他们暂且看不到春信这一边。但总不吭声也不是办法，春信一着急，只能把蜻蜓藏在了旁边的小苹果树的树杈上。“来了！”春信赶忙大声应答着。

春信跑向门口，院子里草木浓密，家里人都没有发现多了一只小小的飞不起来的蜻蜓。春信真希望一会儿蜻蜓就能自己飞走，回它自己的家，或者当明天一早起来，蜻蜓就飞走了。家里忙忙碌碌，春信心不在焉地吃水果、看电视。家人们里里外外地忙碌着，春信也不敢去看蜻蜓，但后来，她的注意力也渐渐被其他吸引了去，直到睡觉前，都忘了蜻蜓的事。

等到第二天一早，春信听到外面的鸟叫声醒来，才猛地想起蜻蜓不知道怎么样了。

她穿着拖鞋，小心下地，假装上厕所，避开大人们，来到那个树杈旁。但树杈上早就没有了蜻蜓的身影，只在旁边有一张圆圆的缀着露水的蜘蛛网。春信吓了一大跳，蜻蜓竟然成了蜘蛛的食物！

“春信，醒得这么早？不赖床啦？”

春信回头一看，是妈妈。春信没敢吭声。妈妈这时候也看到了挂在蜘蛛网上的蜻蜓。夏日的早上，在这个草木丰茂的院子里，胳膊还是有点儿凉，妈妈抱着胳膊搓了搓，不由得感慨了一句：“蜻蜓是益虫，被蜘蛛吃掉有点儿可惜了。”

春信没有说话，她不知道自己该说什么。春信也无法安慰自己，虽然蜻蜓被蜘蛛吃掉、被鸟类吃掉都看似是无比正常的事情，电视里也演过，在大自然里，每天应该都会有粗心大意的蜻蜓撞上这些恐怖的网，然后结束自己的一生。但春信知道，这一只蜻蜓是不同的，这一只是因为她捏伤了它的翅膀，才会遭遇这一切，春信无法骗自己。这让春信很难受。“我们把蜻蜓救下来吧。妈妈，你帮我把蜻蜓救下来吧……”春信听到自己这么说道。

“可它已经……”

春信只能用祈求的目光看着妈妈。

妈妈叹了口气，不知道怎么一大早女儿就开始多愁善感了，但她还是没说别的，就成全一个孩子年少时的天真吧。“那好吧……”

春信不知道哪里才是这一只蜻蜓的乐土，蜻蜓的家。春信也没有办法送它回到它来时的地方，只能把它安葬在这个院子里。

春信知道，妈妈一定觉得自己很奇怪。可是她什么都没有解释。

春信的妈妈又问道：“你想把它埋在哪儿？”

春信看了看院子，指了指东南角，那里种着一棵樱桃树。她们用一个小小的锄头在樱桃树下挖了一个小坑，这个锄头的木头把手已经磨得油光锃亮，是春信妈妈从小到大使用的，在姥姥家，这个锄头一直都是除草用的，想不到今天会成为安葬蜻蜓的工具。

土坑被挖开，春信不知道妈妈是不是看出了她的不对劲。其实，春信很怕妈妈问自己到底发生了什么事，更不知道该怎么解释。所以，春信其实心里很委屈，但她又不敢掉眼泪。哎，樱桃树上的樱桃很红啊，也很圆，像是一颗颗圆滚滚的泪珠。樱桃替春信哭了。倒是院子那边摘菜的姥姥看着这边,似乎察觉到了什么。

在之后的几天里,姥姥每次和春信说,可以出去找周围的孩子们玩儿,春信都摇摇头。好在,院子里的日子也不单调无聊,这里有猫儿踩出来的小道儿,有红彤彤的樱桃,还有来吃樱桃的鸟儿,是不错的和大自然相处的机会。来到镇上,春信第一次知道,原来路也不仅仅是属于人类的,这里还有猫走出来的道儿,有羊走出来的道儿,风里,还有鸟儿在抖动羽毛。这里除了人,还有无数的动物邻居,当然有好的动物邻居,也有坏的动物邻居……

春信看到许多蜻蜓在风里落下又飞远,好像从来没有降落过,又好像永远降落了,像那一年春信五岁,五岁真像夏天的风。

风似乎吹走了春信的秘密,没有人知道。只是往后纠结的日子里,春信常常想起离开镇上那天,姥姥忽然对自己说的话。

"春信,你喜欢姥姥这儿吗?"

"喜欢!"

"喜欢什么?"

“什么都喜欢。有姥姥，有大院子，有树，有花……”春信当时掰着手指说道。

“对，这里有很多很多，因为世界很大，所以我们的心也要更大一点儿，才可以容纳更多。”

春信的耳朵都红了，她想说什么，可是嗓子像被堵住了。姥姥知道了吗？春信觉得自己应该道歉，可是，蜻蜓已经不见了。春信也不想姥姥不喜欢自己，她最后终归什么都没有说。

回家的路上，春信忍不住在想自己的心是不是真的很小。她是不是因为心太小了，所以连自己的错误都装不下，一直假装什么都没有发生。所以，当年春信去了核雕店，一眼就看中了雕刻了一个里面有动物的核桃小屋。她忽然发现，原来这么小的东西竟然也可以这么精致，也可以雕刻出这么多东西。或者姥姥说的心小，并不是真的指心脏大小，而是指里面能装多少……

现在，春信已经能意识到，是她的无知造成了对动物的伤害。从前，她犯过一次错误，这一回，她一定不能再犯，她一定要给这些萤火虫自由。

“校长奶奶，这些萤火虫能活下来吗？”春信坐在车里，终于忍不住问。

此次护送萤火虫的车队里，除了之前的执法人员，还有校长奶奶、春信和另外一位老师。校长也给春信妈妈打了电话，但春信妈妈的车子堵在了半路上，她只能一会儿再跟他们的车汇合。除此之外，这趟放归萤火虫的队伍里，并没有其他学生和其他家长。

越靠近郊区，春信越紧张，因为，这一次行动并不是旅游也不是游玩，它甚至是一次十分沉重的放归行动。

春信不知道，其实连新闻媒体也在赶来报道这件事的路上。因而，这件事还引发了许多关于萤火虫和校园周边安全问题的探讨，就比如此刻，这城市里就有一个家庭也在一边吃饭一边看新闻，那女孩也是养正小学的学生。

电视里，当主持人说到“野外萤火虫一般是一年繁殖一代，生长周期长、对水质要求高，而如今它们的生存地急剧萎缩”，吃饭的孩子连忙指着电视和家人说：“爸爸，这就是我们学校，我看到了！”

女孩想和家人描述，今天的事情是多么惊心动魄，可大人们低头吃饭，似乎一点儿也不关心电视里在说什么，只听到孩子说是发生在他们学校的事，以为自家孩子发生了什么，才抬起头来训斥道：“你惹事了？”

“我没有！”孩子十分冤枉，立马瞪大了眼睛。

屋子里，只有电视里在继续播报的声音：“或许，我们人类能做的很少，但我们可以从身边的小事做起，比如随手关好水龙头，出门的时候随手关闭家中的电源，等等。有时候，真正的强大，其实是能够让那些善良的弱小者也能安然生活……”

意识到大人对萤火虫的事都不感兴趣，女孩只好自己安静地看电视。当听到电视里的这段话，她似乎听懂了什么。对啊，他们应该好好保护好环境，她也想为萤火虫做点儿什么，而身边的小事……女孩眨了眨眼睛，她记得老师好像说过，节约用电、随手关闭水龙头，都算是保护大自然。于是，她突发奇想地说道：“对，妈妈，我们也换小灯吧。”

忙着吃饭的大人并不知道孩子那漫长曲折的心路历程，只听到孩子没头没脑地说了一句换什么灯，立马下意识说道：“换什么灯？不吃饭了？”

这劈头盖脸的一顿批评把女孩都吓蒙了，也不知道是不是大人们工作上遇到了什么，今天好像格外不顺心。只听他们继续说道:“我吃的盐比你吃的米饭还多。别看了点儿电视就觉得自己啥都知道。小孩子懂什么? 快吃饭! ”

言语伤人,像无形的刀子,孩子也不禁气鼓鼓的,想不明白爸爸怎么总是这样。她很想反驳他们的话,可是年幼的她哪有大人伶牙俐齿? 她想说,大人吃了那么多的盐就一定是对的吗?如果是对的,好好讲道理就好了,为什么他总是把吃过多少盐这件事抬出来,还大呼小叫?

她不理解,为什么大人明明也没有知道多少,却总是那么理直气壮。明明老师说过,每个人知道的东西都是有限的,应该谦虚,应该有话好好说。可她却是一个没有嘴的水壶,什么都倒不出来。

只有时间消化着这一切。

星星点点,城市里依然灯火通明,世界似乎没有任何改变。

天色渐渐没那么明亮了, 去往郊外的路格外僻静,只有春信手里的萤火虫亮着。他们越走越僻静,外面,每一个车灯暗下去,车里的萤火虫就更亮了一分。

最后,春信捧着这些小小的萤火虫,仿佛把全世界的光都捧在了手心里。

11

向郊外流淌的星河

当回忆结束的时候，春信眨了眨已经湿润的眼睛。车子距离他们的目的地更近了。看着外面又翠绿了几分的树冠暗影，春信打开了车窗。

一阵清澈的微风吹过春信的脸颊，她深吸了一口气。“会好的，对，会好的，就快到了。”春信就这样不停地在心里暗暗告诉自己，“萤火虫一定会好起来的，所以，请你们再等一等。”

萤火虫绿尾似乎也在车子里感觉到了外面涌进来的绿意，从核桃小屋的缝隙钻进来的空气更清透了，有叶子的味道，它似乎听到了家的呼唤。想到这儿，萤火虫绿尾兴奋了起来，“啪嗒”“啪嗒”，它试着敲击着核桃。“慢慢，我们是回家了吗？我们好像真的要回家了。”

萤火虫绿尾看不到外面，只觉得外面真是安静，慢慢为什么没有回答它呢？

“慢慢，慢慢？”萤火虫绿尾有点儿担心，慢慢不会……它开始拼命发光，但外面并没有一只萤火虫呼应它。没一会儿，箱子又恢复了沉寂。

等春信他们的车子来到郊区的那个湿地，天色更暗了。据执法人员抓到的虫头交代，他的萤火虫就是在这里抓到的。看来这里就是萤火虫绿尾的家。

这还是春信第一次在傍晚来到郊外。离开城市，空气变得湿漉漉的，闻起来也清透极了。一想到萤火虫绿尾和它的伙伴即将要回到家去，春信的心总算安慰了不少。

城郊静谧，春信慢慢抱着装萤火虫的箱子下了车。脚下是翠绿的草地，清新的空气慢慢往她的肺部沁润，脚下的小草和城市里的草坪也一点儿都不一样，春信眼看着自己踩倒了一根青草，它没一会儿又站了起来，真是充满了生机啊。

远处还有粉色的梦蝶花在盛开，夜里微凉的空气大大吸上一口，那么清新，春信感觉自己原本像两块干涸土地的肺，经过清甜空气的滋润，瞬间湿润了。

这么美好的地方,大家应该静静欣赏它才对,而不是破坏这里的一切。

好在,他们这一次终于来守护它了。

春信捧着手里的萤火虫瓶子说:“校长,咱们要开始吗?应该把萤火虫放到哪儿?”

不远处就是一片巨大的湿地,一位工作人员朝着四周看了看说:“这里可真好……萤火虫喜欢生活在干净阴凉的水域,应该就是这儿了。可惜,城市扩张所带来的污染令它们无地可栖,不然我还真期待天天能看到它们……”

“说起来,这两年,很多人从网上买来的萤火虫,然后随便找一个地方放飞出去,可怜那些萤火虫,异地放飞对这些萤火虫而言并不是真的重获自由,反而是致命性的危机。由于不能回到本来的栖息地,放飞后,由于无法适应新环境,萤火虫反而会迅速死亡……”

“是啊,其实最好就是保护好它们,不要去抓……”

春信静静听着校长和其他人一边走下来一边交谈着,心里十分复杂。她看向不远处大片的草丛,她知道,这里一定是绿尾的家。

箱子就抱在校长怀里,春信走过去,屏住了呼吸拉开蒙在箱子上的衣服。里面是一排排用玻璃瓶装着的萤火虫，还有一个核桃小屋，那里面是萤火虫绿尾。说实话，春信有点儿舍不得，可还是咬着嘴唇，第一个将萤火虫绿尾倒了出来。春信张开了手掌，看着手心里这个陪伴了自己几天的小家伙，喃喃道："萤火虫，你自由了……"

萤火虫张开了翅膀，落在了不远处的一根草尖上。它飞走的背影似乎在和曾经的那只蜻蜓一点点重合。春信能感觉到，熟悉的一切让绿尾欣喜，它在草尖上感受着微风的吹拂，满身的疲惫都被这里的一切安抚了。但过了好一会儿，它也没有爬到草叶的背面去。它在等待着什么呢？

春信又和工作人员们打开一个个瓶子。

云彩是自由的，星星是自由的，并不是因为它们有翅膀、飞得高、距离人类远，而是因为它们本来就是自由的，萤火虫也一样。

所以，飞吧。

一只只萤火虫飞向深夜，飞向草丛，飞向远处的树冠，飞向星空。有一只伤到翅膀的萤火虫，春信也将它轻轻放在了草叶上。

眨眼间，它们就飞出去了。最后是一只慢吞吞的小萤

一只只萤火虫飞向深夜，飞向草丛，飞向远处的树冠，飞向星空。有一只伤到翅膀的萤火虫，春信也将它轻轻放在了草叶上。

火虫，摇摇晃晃飞到了萤火虫绿尾的旁边。终于看到这熟悉的身影，绿尾有无数话想说。

“绿尾……”

“慢慢……”

“嗯。”

“回家了。”

是啊，回家了，最后一只萤火虫也飞走了。它们终于回归了自然母亲的怀抱。

可是不知怎的，它们没有一只亮起来。春信记得，太阳落山后一个小时，正是萤火虫发光的好时候，春信放飞了萤火虫们，就这么站在原地，她想等一会儿，看萤火虫亮起来才安心，可是今天，它们都沉默着。城郊静悄悄。

等待。等待。等待的每一分每一秒都那么漫长，萤火虫却始终没有亮起来。

“请不要熄灭你的心。”春信不禁在心里这样暗暗请求。

对！不要熄灭你的心。

但又过了十分钟，月亮已经升到了夜空中，萤火虫依然没有亮起来。春信不知道，这是不是意味着他们的放飞失败了。

“回家吧。”春信听到谁说了一句。

大家只能转身去车上。

就这样回去了吗？春信知道应该为萤火虫绿尾高兴，可没有看到那熟悉的光亮，她的心依然没有落到肚子里。

校长说，会把春信送到家。回城的路上，应该能遇到春信的妈妈。春信口里应答着“嗯嗯”，却依依不舍地回头看着草丛，期待那里可以亮起一个个星星般的光点。她几步一回头，就在她打开车门的时候，她忽然叫道：“萤火虫！”

听到春信的喊声，大家赶忙全都回头去看。“真的是萤火虫！”

“亮了亮了！”

一只两只三四只，五只六只七八只……一闪，一闪，每闪烁一下，都仿佛在高兴地说：我们终于回家了！

虫生不易。

这些在人类看来位于生态系统底端的小家伙们，终于重获了属于它们的自由。这里才是它们的栖息地，即便是最虚弱的萤火虫们重新回到这片干净的环境里，也能敏锐地感觉到，空气清新了起来。是的，萤火虫就是这么灵敏的生物，它们对生存环境的要求很高，却可以感知到环境微

小的改变，甚至很多时候可以通过它们来判断环境的好坏。但可惜的是,如今估计百分之九十的城市小孩儿没有见过萤火虫了，这是因为过度砍伐森林或过度景观开发，导致萤火虫栖息地被直接破坏，除此之外还有光污染,以及农药、除草剂的使用,还有水污染、土壤污染等。

车子开来的这一路,春信听同车的工作人员说了好多萤火虫的知识,想到这儿,春信悄悄许了一个愿望。如果流星可以许愿的话,那么,这在地上飞舞的小流星也一定可以让人愿望成真吧?

那其实也是春信深藏在心底的一个遗憾,它开始于姥姥过世的那年。春信当时由于在城里上学,没在姥姥身边,但春信记得,那天是个大晴天,她第一天到养正小学报到,回到家却听到姥姥过世了的消息。

妈妈说,明天他们就赶回老家去,可即便如此,春信也没能见到姥姥最后一面。几年前的那天晚上,春信一直看着夜空发呆。听说,每个人死去时,天上都会有一颗星星滑落,春信想,那自己盯着天空,说不定也算看到姥姥的最后一面了。可惜,在城市里,连天空都只能看到窄窄的一小块。那一刻,春信无比讨厌这个四处都是高楼的城市,一整晚,她想找一颗流星都没有找到。她记得流星是可以许愿的,如果她能看到一颗流星,就可以许愿让姥姥还好好活着了,并且,春信其实一直很后悔,自己直到姥姥去世的时候,依然没有和她坦白那只蜻蜓的事。这也成了春信无法遗忘的遗憾。

看着眼前的萤火虫,春信不禁又想起有一年姥姥问自己的话。

“今后春信长大了希望做一个什么样的人啊?”姥姥问。

长大后吗?春信也不知道。“……赚钱?”春信有点儿迟疑。

大人们都在忙着赚钱。

当时姥姥是怎么说的来着?听到春信的回答,姥姥却叹了口气:“春信啊,你要有更大的梦想哦,你的心可以再大一点儿,可以装下更大的世界。”春信还听姥姥感叹道:“眼里有,心里不一定有;但眼里没有,心里是肯定没有的……”

如今,当春信仰头再次看到大片的天空,看到飞舞的萤火虫,春信仿佛听到,她的身体里刮进了一阵夜风,花香飘进了她的脏腑,而茫茫的黑暗中,亮起了一点儿光,是提着灯的小虫,照亮了她的身心,在她的心里原来真的有一个世界。世界给了我们眼睛，是为了让我们要耐心地看；给了我们耳朵，是让我们要懂得耐心地聆听；给了我们嘴巴，是为了关键时刻让我们可以准确表达心里的想法。

一盏光就是一颗天上的星星，将偌大的黑夜都照亮了。夜风其实有点儿凉，但春信却感觉手心里的光那么暖。

光芒虽微弱，但也要努力发出；声音虽微弱，但也要努力说出。只有说出了，才有做成的可能；只有发光了，汇聚在一起，才能汇成一条灿烂的星河。

萤火虫的光，带它们到对的地方；星星的光，照亮脚下的方向。而人的心里也要有一盏光。

这片星河照亮不断繁华的城市，星星是见证者。灯火越明亮，星星越暗淡。城市其实也很孤单。“校长，我们能不能为萤火虫做点儿什么……”车子上，春信忽然冒出这样一个想法。

可是，当春信说出来后，又有点儿脸红，自己又能做什么呢？

但校长并没有笑话春信，而是轻轻拍了拍春信的头。“是啊，你说得对，应该做点儿什么，美好是需要呵护的，也是能够创造的……”

校长奶奶的话有点儿意味深长，春信懵懂地点点头。

回去的路上，春信还将用备用手机拍的萤火虫照片发给了张小柿，她又在班级群里说了一声，大家得知萤火虫都回家了。

又过了半个小时，车子来到春信家楼下，半路和他们会合的春信妈妈也停下了车。春信扑到妈妈怀里，她回头和校长告别，忽然发现，校长奶奶银白色的头发上，被灯光照耀所反的亮光如同一弧星光的颜色，真像星光落在了头发上。

啊，她以为这星河是只属于田野、属于树林、属于天空的，而现在落在了那一头银色的发丝上。原来，喜欢星星也不一定要拥有，喜欢萤火虫，也不一定要将它们带回家。它们如果喜欢人类，是会自己落在人们的发梢的，人们只要静静欣赏它们就好了。

春信目送校长离去，好像目送那只萤火虫绿尾飞向远处。春信看过很多背影，每个背影都是离开，让她心里不太舒服。可只有这一次，分别并没有伤感，反而感到欢喜，当事情终于有了一个还算圆满的告别，这甚至比那只萤火虫如梦境般飞来的时刻还要开心。

12

你也在遥望暗夜星空吗?

原来,美好真的是可以创造的。而退让也并不意味着完全的失败,退让有时反而才能收获更多。比如,失去萤火虫绿尾这件事。

春信是在一年后的又一个夏天,窝在沙发里看电视的时候,才明白这个道理的。

那天,又是周五晚上,她可以暂时不必忙于作业,看一会儿电视。

啊,又是这样炎热且汗流浃背的盛夏啊。

傍晚,是难得舒服的时光。电视里的频道来回跳来跳去,电视的光被调得暗暗的,客厅里也只有挂在窗口的小太阳能灯亮着。这段日子以来,春信家里似乎还是变了很多,只是如今没有了那被藏来藏去的小萤火虫。小狗趴在沙发边的地板上，它已经完全融入这个小小的家庭，自在得仿佛在这里生活了几年了似的。春信爸爸正在厨房洗水果，妈妈在画图，准备明天的会议工作，春信想找一个好玩的动画片，可已经七点了，好多频道播报的都是新闻，她只能继续换台。忽然，一个消息吸引了春信的注意——

原来，今天是本省第一个暗夜公园正式成立的日子，而公园的位置是……那个放归萤火虫的地方！

春信一下子打起了精神，坐直了身子，调大了电视机的音量。

是的，自打那次萤火虫的事件被报道后，环境保护问题便受到了越来越多人的关注。很多人第一次发现，原来，不起眼的萤火虫对于生态环境是这么重要，大家也重新审视起自己居住的这个城市来。

春信坐起身来的时候，还不小心踩了一下小狗的脚丫，小狗闪闪立马摇头摆尾地扑到沙发上。春信顾不得热，忙抱住它，想好好看看这条新闻。电视里，主持人身后是大片的星空，她似乎正在那个新成立的暗夜公园里，画面上，真是好一幅夜幕降临、繁星缀空的美好图景啊！可以看出，在那里人们不仅可以肉眼看到明亮的银河，甚至可以直接

观察到星云，夜空清澈得仿佛能拍下任何想拍的星座。

电视里，主持人兴奋地介绍着：“在这里，一抬头，就感觉离天特别近。大家可以看到，我们头上的银河无比清晰，似乎一伸手就能摘到星星。这里的星空像是夜空的一扇窗，让人们可以融入漫天星河，感受整个宇宙。”

主持人还说道：“这两年国家一直倡导‘绿水青山就是金山银山’，暗夜星空不也是绿水青山的有机组成部分吗？相信很多电视机前的朋友们都有和我一样的感受，如今，夜幕下的‘不夜城’灯火通明，这虽然彰显着人类经济文明的飞速发展，但与之而来的光污染也遮住了璀璨的星河，身处城市的我们再难体会到肉眼观星的快乐。在光污染的侵袭和包夹中，黑暗的夜空也成了一种稀缺资源。于是，世界上一些国家开始有了专门为保护夜空而设立的公园，这些地方被形象地称为‘暗夜公园’或‘星空保护区’。为了保护暗夜、防止光污染，其实我国早就成立了暗夜星空工作委员会，今天，这个保护公园的成立也意味着这项暗夜保护工作又取得了长足的发展。看，无数游客和天文爱好者都来到这里重温久违的星空了……”

主持人欢快的话语能让人感受到她的兴奋心情，而没一会儿，一个意想不到的人也出现在了电视里。“校长？我们校长上电视了！”春信看到电视里出现熟悉的身影，简直要从沙发上跳起来。

此时，春信班里恰巧正看到这条本地新闻的同学们也激动极了。

春信又调大了一点儿音量，连正在忙碌的爸爸妈妈听到声音也出来看发生了什么。春信的爸妈在她旁边坐下，说道：“呦，这不是你们校长吗？”

爸爸在围裙上擦了擦手上的水，然后，他们听到电视里的校长说，今后这个暗夜公园将成为他们养正小学的课外教学基地，帮助孩子们更好地了解大自然，培养一颗仁爱的心……

哦，春信想起来了，去年的时候，他们放飞萤火虫后第二天回到学校，校长就让大家在一张联名信上签过字。校长当时说：“你们想不想为萤火虫做一点儿什么？”

“想！”

当时同学们都异口同声地回答道。

然后，校长就让老师们拿出那一张很长的联名信，全校的学生都在上面签了自己的名字，他们的名字歪歪扭扭趴在纸上，后来被校长收了起来。难道，是他们的那封联名信起了作用？

电视里的画面缓缓掠过星空，春信的眼睛仿佛在过年，小小的屏幕上，星星太多了，简直看不过来。浩瀚的星河啊，真是一幅让每个人都无比憧憬的壮丽美景！

春信不禁放下手中的遥控器，来到阳台，那里还有一个最近新建好的口袋公园。

说起这个口袋公园，也是最近春城人议论的又一个改变了。是的，城市里忽然多了几十个小小的口袋公园。之所以叫口袋公园，是因为它们有的比街心公园还要小，据说以后，这样的口袋公园还会有更多。春信就这么一直盯着口袋公园看。

这时，屋子里的电话响了。春信跑过去拿起电话："你好，是谁？"

电话里是一个既熟悉又陌生的声音："我也看到了电视里的暗夜公园，窗外还飞过一只蝴蝶，它带我姥姥去了远方。"

没头没尾的一句话，说完电话就挂断了，可春信却一下子就明白这是张小柿打来的。对，就是她的那个倒霉同桌、故意伤了腿的张小柿。去年那次事情过后,春信终于知道那个孩子那天为什么死活不肯交出手里的萤火虫了。

原来,张小柿之前是故意弄伤自己的腿的。那阵子,他的姥姥生了重病,住进了医院。张小柿最喜欢姥姥了,他想去陪着姥姥,他觉得,自己多陪着姥姥,逗姥姥开心,她一定会很快好起来。平时最懒的他特意去找了好多笑话,打算讲给姥姥听,可……

"小柿,你要好好去上学,姥姥过几天就好了,好好读书比陪着姥姥重要。"

张小柿看着姥姥虚弱的脸色, 无奈被爸妈赶去了学校。可他真的担心啊,就假装打球伤了腿,和学校请了假。

张小柿知道,其实姥姥是很想念乡下的,那里有和姥爷一起生活的最美好的时光。

一天,张小柿用没有绑着绷带的一只脚在病床前跳来跳去的时候,姥姥忽然笑着说:"小柿啊,你怎么和老家屋檐上跳来跳去的麻雀似的……"说完这句话,张小柿的姥姥又忽然沉默了。

妈妈说,姥姥想老家了。张小柿的姥姥是一个十分传统的老人,还保留着浓重的落叶归根的思想,在她看来,人老

了，就要回到生她养她的那片土地上去。果然，没一会儿张小柿就又听姥姥念叨了一句：“啊，乡下又有萤火虫了吧……”

萤火虫？城市里也有啊。张小柿想这么对姥姥说。

于是，那天晚上张小柿开始留意起周围来。他想告诉姥姥，城市里有萤火虫，还有我们陪着你，你会好起来的，到时候咱们一起去看。

可奇怪的是，张小柿观察了好多天，这才发现一个问题：城市里竟然真的没有萤火虫。别说萤火虫了，连蜻蜓都少见。

张小柿在语文书中看到的夏天不是这样的啊，为什么没有蜻蜓和萤火虫呢？难道他真的住在一个假城市里？

后来有一天，他在学校上厕所的时候听到两个男生鬼鬼祟祟地说萤火虫，终于让他找到附近那个卖萤火虫的商店，张小柿这才萌生出将萤火虫带给姥姥的念头。他想，也许姥姥看到萤火虫，就会好起来吧？可这是多傻的念头啊？能医治姥姥的是医生，根本不是小小的萤火虫，可那时候的张小柿却始终固执地认为……

所以，张小柿还是做了傻事。那天，他听到老师在各个班级找萤火虫，他吓坏了，然后，他怎么也不肯撒手……于是，就发生了之前的那一切。而现在，这通没头没尾的电话是不是意味着……

是的，远方的某所医院里，一间病房窗外，一只蝴蝶轻轻飞过，一同飞过的还有一颗天上的流星。

张小柿这一年陆陆续续总要来医院，姥姥始终没有好起来。这天晚上，一直越来越没有精神的姥姥忽然说话了，她说："啊，是蝴蝶，好多年没看到了……"

张小柿也赶忙抬头看向窗外："真是蝴蝶！哇，姥姥，你看，城市里也挺漂亮的，而且，新闻说咱们城郊又有了一个可以看星星和萤火虫的公园，说不定过两天，还会有萤火虫从这里路过呢。姥姥你要快点儿好起来，到时候咱们一起去那个……姥姥？姥姥？妈妈你快来啊……"

飞过的蝴蝶像是来接姥姥去远方的使者，弥补了她这漫长一生的最后一点儿小心愿。老天是仁慈的，她这一辈子已经拥有很多了，她心里一松，这样想来，床上的老人没有遗憾了。

"一会儿我们下去散散步吧。"春信回过头，爸爸的话打断了她的回忆。爸爸正在把晚饭放在餐桌上，妈妈也活

动着肩膀，说道："那今天我就不加班了……"这么好的夜晚，是应该好好休息。

"太好了！"

"那咱们吃饭吧。"

而就在春信转身要去餐桌旁的时候，她隐约看到口袋公园里，有一点儿闪烁的微光。春信骤然停下了脚步，揉了揉眼睛，那是……不会吧……

可当春信再瞪大了眼睛仔细去看，那闪烁的微光又不见了。春信的心怦怦直跳，她不知道自己应不应该期待，或许那是别的什么，可能是其他散步的人在用手机拍照，闪光灯亮了一下，或许是其他的东西在发光……毕竟，这口袋公园现在无比受欢迎，每天晚上都有很多人乐意去散步拍照，呼吸一下草木的气息，或者仰望星空。

但如果真的是呢？春信不知道自己应不应该期待在这大大的城市里再遇到一只萤火虫，但一会儿，他们可以去看看。

春信笑了。本来在得知萤火虫的生命十分短暂后，她就十分难过，她觉得自己欠了萤火虫绿尾一个美好的夏天，而眼下，一些失落似乎也终于得到了释然。春信想，在暗夜公园和一个个小小的口袋公园里，以后一定会有很多绿尾出现，一定会的。它们将生生不息，只要人类好好保护大自然，说不定哪天，春信还会和绿尾相遇。

这样想着，春信就再也没有纠结萤火虫的离开了，因为她已经懂得，没有放归，哪里会有今天的暗夜公园呢？

小狗“汪汪”叫了几声，像在同意春信的想法。春信摸了摸小狗的头，外面夜空璀璨，就像校长奶奶说的，世界或许并不是一开始就美好，但美好可以亲手创造。

世界很大，萤火虫很小，小小的萤火虫似乎力量很有限，什么都不能改变。可那无数只提灯的小虫，却能够把世界照亮，把许多颗心也照亮……这难道不是最大的奇迹吗？